시간 속의
너에게

시간 속의
너에게

제10회
한낙원
과학소설상
작품집

김문경
정교영
이새벽
별민영
김미연

사□계절

이 책은 제10회 한낙원과학소설상 공모 대상 수상작과 수상 작가 신작, 우수상 수상작을 엮은 과학소설(SF) 작품집입니다.

한낙원 선생은 우리나라 과학소설의 개척자입니다. 선생은 1950년대 말, 비교적 이른 시기에 신문과 잡지에 어린이와 청소년을 위한 과학소설을 연재했습니다. 과학소설을 쓴 이유를 "우리 어린이들이 좀 더 과학의 세계에 흥미를 느끼고 그 길로 들어서도록 돕기 위해서"(작품집 『길 잃은 애톰』 머리말)라고 말씀하셨으니, 한국 전쟁이 끝나고 얼마 지나지 않은 혼란 속에서도 당장 눈앞에 있는 현실보다 달라질 미래를 내다본 선생의 혜안(慧眼)에 놀라울 따름입니다. 우리 어린이와 청소년이 더 나은 세상에서 당차게 미래의 주인공으로 살기를 바란 선생의 염원은 『금성 탐험대』와 『잃어버린 소년』, 『화성에 사는 사람들』과 같은 작품에 잘 나타나 있습니다.

지금 우리는 놀랄 만큼 발전한 과학 기술의 시대를 살고 있습니다. 한낙원 선생이 처음 과학소설을 창작하던 때만 해도 상상의 영역에 불과했던 일들이 미처 한 세기가 지나기도 전, 우리 눈앞에 펼쳐진 셈입니다. 우주여행은 상상이 아닌 현실이 되었고, 알파고와 이세돌의 대국은 결과 여부를 떠나 그 자체로 놀라움이었습니다. 인간의 지성과 합리, 그리고 이를 든든하게 뒷받침해 주는 과학 기술이 인류에게 장밋빛 미래를 가져다줄 것이라 믿었지만 현실은 그렇게 단순하지 않았지요. 모든 사물에 빛과 어둠이 공존하듯 과학 기술 역시 밝은 미래만을 주지 않았습니다. 이는 과학 기술 자체의 한계라기보다는 과학 기술을 사용하는 인간이 어떤 자세와 생각, 행동을 가져야 하는지의 문제입니다. 우리가 과학소설을 쓰고 읽어야 하는 궁극적인 이유도 여기에 있습니다.

시대에 따라 유행도 사람도, 이를 지탱하는 생각과 가치의 기준도 변합니다. 시대를 대표하는 과학소설을 읽어 보면 그 변화의 흐름이 비교적 일목요연하게 보입니다. 한때 진리라 믿었던 것이 시간이 지나고 나면 유행에 지나지 않았다는 사실을 알게 되기도 하지요. 그 반대도 가능합니다. 별일 아니라 생각했던 사건이나 작은 생각이 오늘이 있기까지 가장 큰 역할을 한 핵심적인 일이었다는 사실을 시간이 흐르고 나서야 뒤늦게 깨닫기도 합니다. 먼저 된 것이 나중이 되기도 하고, 가장 마지막에 있던 것이 맨 앞이 되기도 하는 이 모든 과정이 모이고 쌓여서 우리의 미래가 될 것입니다.

한낙원과학소설상 작품집 역시 우리 과학소설사에서 오랫동안 기억될 것입니다. 제1회 수상작품집부터 이번 제10회 수상작품집까지를 한눈에 담으면 바로 알 수 있습니다. 현재 한국 어린이청소년SF에서 가장 활발한 활동을 하는 작가들이 한낙원과학소설상을 통해 독자와 만났다는 사실이 바로 그 증거이겠지요.

한낙원과학소설상을 만들어 어린이청소년SF의 더딘 발걸음에 날개를 달아 준 한낙원 선생의 유가족 여러분과 10년이라는 시간 동안 공모와 시상, 발간을 맡아 온 『어린이와 문학』과 사계절출판사 관계자 여러분께 감사의 인사를 드립니다. 무엇보다 이 상을 만들고 발로 뛴 고(故) 김이구 선생님, 그리고 김이구 선생님과 함께 처음부터 지금까지 이 모든 과정을 함께해 준 박상준 선생님께 깊은 감사를 드립니다. 두 분이 우리 어린이청소년SF와 함께 걸어온 길은 오래 기억될 것입니다. 마지막으로 해마다 열정을 쏟은 작품을 보내 준 응모자분들께 감사합니다. 우리가 내딛는 작은 한 걸음 한 걸음이 한국 과학소설의 내일이 될 것이라는 믿음으로 작지만 단단한 한 걸음을 또 내디뎌 봅니다.

2024년 5월

송수연 (어린이청소년문학 평론가)

차례

시간 속의 너에게

김문경

L24. 넌 왜 그리 독하니.

　보호관은 오늘도 나에게 그 말을 했다. 조금 전 한 녀석이 코피를 쏟았다. 다툼이 있을 때 나는 한 치도 물러서지 않는다. 남자아이라도 상관없다. 어디든 물어뜯으면 울면서 꼬리를 내린다.

　보호소에 있는 아이들은 기계에서 태어난다. 만들어진다는 표현이 더 정확하다. 누가 아빠인지 엄마인지 따위는 알 수도 없고 중요하지도 않다. 유전자를 조작했기에 아이들은 이상적인 인간의 모습을 가지고 있다. 아픈 곳도 없다. 하지만 겉이 멀쩡하다고 속까지 그런 건 아니다. 모두 마음 어딘가 한 부분은 꼬여 있다. 독하다는 건 그중에서도 내가 가장 뒤틀려 있다는 뜻이다. 걱정할 필요는 없다. 먼저 건드리지만 않으면 난 누구에게도 관심 없으니까.

바다가 죽었다. 인간이 쏟아부은 방사선 입자가 아가미로 숨 쉬는 모든 생명을 파괴했다. 해안은 쓰레기를 처리하고 폐수를 정화하는 장치들이 차지했다. 쉴 새 없이 작동하는 기계와 로봇을 관리하는 일은 보호소 출신들 몫이다. 산성이 된 토양을 중화하고 공기를 정화하는 일까지도. 방호복을 입고 일해도 오염을 피할 수는 없다. 버틸 수 있는 기간은 기껏해야 스무 해 남짓. 인간은 필요로 우리를 만들어 냈다. 오랜 시간이 흐르고 나서야 우리도 자신들과 같은 존재임을 인정했지만, 차별은 여전하다. 보호소 아이들의 꿈, 나아가 지구에 거주하는 모든 사람의 꿈은 하나다. 깨끗한 환경 속에서 풍요로운 삶을 누릴 수 있는 제2의 지구 프록시마 행성으로 가는 것.

프록시마로 가는 우주선에 탑승하기 위해서는 많은 돈이 필요하다. 꿈의 행성은커녕 벌집처럼 붙어 있는 캡슐이 보호소 아이들에게 주어지는 유일한 공간이다. 앉기만 해도 천장에 머리가 닿는 캡슐 속에서 나는 매일 아침 눈을 뜬다. 성인이 될 때까지 보호소 아이들이 할 수 있는 일은 학교에 가는 것뿐이다. 좋은 아이, 사회에 적응하고 어떤 일이든 해내는 사람으로 자라야 한다. 보호소 아이 중에 범죄자라도 생긴다면 지원금이 줄어들기 때문에 보호관들은 늘 전전긍

김문경

긍한다. 주의 대상 1호는 나다.

　교실 책상에 엎드려 창가로 고개를 돌렸다. 뿌연 하늘에 드문드문 방사능 저감 장치가 떠다닌다. 아이들 떠드는 소리에 귀가 따갑다. 보호소 아이들과 그냥 아이들이 섞여 있다. 도대체 뭐가 그리 재미있는지. 학교는 따분함 그 자체다. 친구가 없어서 그런 건 아니다. 중학생이 된 지금까지 친구는 없었다. 없는 게 편하다. 누가 말이라도 걸까 항상 얼굴을 찡그린다. 안 좋게 끝날 거라면 시작도 안 하는 편이 낫다.

　수업이 시작됐다. 교실 가운데에 입체 영상으로 파랗고 하얀 색이 얽힌 행성 하나가 나타났다. 선생님이 교탁에 몸을 기대고 서서 무기력하게 물었다.

　"이 행성 이름 아는 사람 있냐?"

　대답하는 사람이 없었다. 아이 하나가 기어들어 가는 목소리를 냈다.

　"지구요……."

　선생님이 짧게 한숨을 내쉬고 말했다.

　"이건 프록시마 행성이다."

　영상이 바뀌면서 납작한 우주선이 나타났다. 매년 한 차례 프록시마 행성으로 떠나는 우주선이다. 우주선에 타면

여섯 달 만에 프록시마 행성에 갈 수 있다. 선생님은 아침 식사가 별로였는지 떨떠름한 표정으로 영상 주변을 걸으며 이야기했다.

"우주선은 공간 수축을 이용해서 빛보다 빠르게 이동하지. 우주선이 프록시마로 가는 6개월 동안 지구에서는 6년이 흐른다."

"왜요? 왜 우주선만 시간이 천천히 흐르는데요?"

유전자가 덩치에만 쏠린 보호소 녀석이다. 열네 살이지만 고등학생처럼 보인다. 선생님이 짜증 섞인 목소리로 말했다.

"빛의 속도에 가까워질수록 우주선의 중력도 높아지니까. 중력이 강하면 약한 곳에 비해 시간이 천천히 흘러. 블랙홀처럼 중력이 강한 곳은 밖에서 보면 시간이 정지한 것처럼 보이지."

"그러니까 왜요?"

선생님은 고개를 저었다. 보호소 녀석들 몇이 낄낄거렸다. 수업 종이 울렸다. 선생님이 나가기도 전에 자리에서 일어났던 아이들은 교실 문 앞에 있는 여자아이를 보고 멈추었다. 선생님이 아이에게 손짓했다.

"새로 온 친구다."

친구? 오늘 처음 본 아이가 무슨 친구란 말인지. 아이는

김문경

천천히 교탁 옆으로 걸어갔다. 새하얀 얼굴보다 눈에 띈 건 코에 꽂은 작은 호흡 장치였다.

결혼한 사람들은 대부분 인공 자궁에서 아이가 태어나게 한다. 그 과정에서 유전자를 검사하고 병을 일으킬 만한 부분을 찾아 교정한다. 나는 아직도 내가 태어난 기계 장치와 사람들이 사용하는 인공 자궁의 차이가 무엇인지 모른다. 수십 개가 붙어 있는 것과 하나만 떨어져 있는 것의 차이일까. 아무튼 저 아이 몸 어딘가에 문제가 있다는 건 인공 자궁에서 태어나지 않았다는 뜻이다. 엄마에게서 태어난 아이. 한 올도 엉키지 않고 어깨로 흘러내린 머리카락. 엄마가 빗겨 줬겠지. 나도 모르게 내 짧은 머리로 손이 갔다. 누군가에게 비교당하고 싶진 않지만, 항상 스스로 비교한다. 아이는 잠시 머뭇거리다 들릴 듯 말 듯 소리 냈다.

"은하라고 해."

보호소 아이 하나가 소리쳤다.

"뭐라고? 안 들리는데?"

은하는 군인인 아빠를 따라 우주 비행장이 있는 이곳으로 전학 왔다고 했다. 그 밖에 별다른 말은 하지 않았다. 호흡하기도 어려운데 말하는 데 사용할 힘이 있을까. 선생님이 나가자 보호소 아이들이 은하 주위로 모여들었다. 아이들은 은하가 외계 생명체라도 되는 듯 빤히 쳐다보았다. 덩치 큰 보호소 녀석이 은하 얼굴에 손을 가져다 대고 호흡기를 빼려고 했다. 어떤 느낌일지 궁금하다며 자기도 껴 보겠다고 했다. 장치를 빼면 호흡할 수 없다는 걸 모르나? 은하는 난처한 표정으로 얼굴을 가렸다. 난 녀석을 향해 낮은 목소리로 말했다.

"야, 그만하지."

녀석이 웃으며 내 책상 쪽으로 걸어왔다.

"더 하면 어쩔 건데?"

나는 자리에서 일어나 녀석과 마주 섰다. 녀석이 내 한쪽 어깨를 밀치며 말했다.

"넌 뭐가 그렇게 항상 불만이냐?"

힘이 실리진 않았다. 녀석이 작정하고 밀었다면 나는 뒤로 나가떨어졌겠지. 나는 밀렸던 어깨가 채 앞으로 돌아오기도 전에 머리로 녀석을 들이받았다. 키 차이 때문에 내 이마는 녀석의 입가에 부딪혔다. 녀석은 입을 가리며 주저앉았다. 손가락 사이로 피가 흘러내렸다. 아이들이 웅얼거리며 흩어졌다.

"마녀한테는 걸리지 않는 게 상책이지."

나와 얽혀서 좋았던 기억이 녀석들에게는 없다.

김문경

보호소 출신이 욕먹는 것을 싫어하면서도 나는 문제를 일
으켰다. 은하를 도와주려고 한 것은 아니었다. 보호소에 산
다는 이유로 싸잡아 욕을 먹어야 한다면 차라리 내가 한 행
동으로 비난받는 편이 낫다. 지도실 의자는 차갑다. 언제나
처럼. 좁은 방에 갇혀 정신 교육 영상을 본다. 착해야 한다.
잘못을 저지르면 벌을 받는다. 타이르기와 협박을 오가는
절묘함. 머리 양쪽에 연결된 장치에서 신경을 통해 영상이
전달되기에 눈을 감는 일도 헛수고다. 이 장치는 보호소 아
이들에게만 사용된다. 불과 수십 년 전까지 전류를 이용해
뇌에 기억을 심는 기술로 학습을 대신했지만, 발작 증상에
이어 심장이 정지하는 아이들이 생겨 금지되었다. 수십만
년에 걸쳐 진화한 뇌를 함부로 건드린 대가였다. 이제 그 기
술은 교육을 빙자한 세뇌에 이용된다.

녀석의 이가 부러지지는 않았기에 나는 한 시간 뒤 자유
를 얻을 수 있었다. 건물 밖 통로로 띄엄띄엄 보호소 아이들
이 걸어가고 있었지만, 아는 척하지 않았다. 보호소에서 마
주치는 것도 지겨운데 바깥에서까지야. 교문을 지날 때 누
군가 등을 건드렸다. 잔뜩 미간을 찡그리고 돌아섰다. 은하

가 서 있다.

"괜찮니……."

뭐지. 그 말 하려고 한 시간을 기다렸나. 은하가 내 이마로 손을 가져다 댔다. 나는 몸을 조금 움츠렸다.

"부었네."

바람이 새며 나는 목소리를 그대로 지나칠 수 없었다. 은 하와 함께 걷는 동안 익숙한 길이 생소했다. 내가 조금만 빨리 걸어도 은하의 얼굴은 투명할 정도로 창백해졌다. 나는 걸음을 멈추고 말했다.

"됐으니까 그만 가."

"우리 집도 이쪽이야. 나도 걷기 좋아해."

난 좋아서 걸어가는 건 아니다. 데려다줄 이동 장치가 없을 뿐. 우주 비행장에서 좀 떨어진 곳에 작은 돔으로 싸인 집들이 거품처럼 다닥다닥 붙어 있다. 그 거품 속 한 곳에 은하가 산다. 돔의 문이 미끄러지듯 열렸다. 집 앞에 은하를 두고 나는 보호소로 향했다. 언덕 위 회색빛 보호소 건물은 볼 때마다 가슴이 답답하다. 그때 거리 위에 떠 있는 방사능 저감장치가 붉은빛을 내뿜었다. 태양 방사선 수치가 일시적으로 증가했다는 경고다. 그깟 방사선. 정화 작업에 투입되면 잔뜩 쏘일 것을 미리 맞는다고 큰 차이가 있을까. 그때 무언가

김문경

손목을 감쌌다. 은하가 뒤에서 내 팔을 잡았다. 그날 처음 만난 나를 은하는 집으로 이끌었다.

마당 한편 흙으로 다진 땅에 작은 나무 한 그루가 자라고, 그 너머로 짧은 마루가 있는 구식 한옥이 자리했다. 은하를 따라 집 안으로 들어가 거실 안쪽에 있는 방으로 갔다. 문을 열자 불이 켜졌다. 침대와 책상, 그런데 어디선가 텁텁한 냄새가 풍겼다. 한쪽 벽을 차지한 책장에 종이로 만든 책 여러 권이 꽂혀 있었다. 한 권을 꺼내 표지를 넘기고 나무로 만든 종이를 손끝으로 비벼 보았다. 부드러우면서도 뻣뻣함, 팔 등에 소름이 돋았다.

"종이로 만든 책 처음 봐?"

나는 고개를 끄덕였다.

"도서관에 가면 따로 모아 둔 곳이 있어."

나는 책을 꽂아 두고 방을 둘러보았다. 크지 않았지만, 내가 지내는 캡슐에 비하면 우주처럼 넓었다. 공동으로 사용하는 화장실, 식당, 긴 테이블……. 덩어리 지어진 보호소에 사는 나에게 은하의 방은 홀로 떨어진 다른 세계 같았다.

"아무도 안 계셔?"

은하의 머리를 엄마가 빗겨 주었을 거란 생각은 틀렸다.

세포가 섬유화되는 병 때문에 은하의 엄마는 몇 해 전 돌아
가셨다. 갑작스레 폐가 굳어 작별 인사조차 제대로 할 수 없
었다고 은하는 말했다. 같은 병을 지금 은하가 앓고 있다. 은
하 엄마는 은하가 태어난 뒤에야 자기 유전자에 문제가 있
음을 알았다. 인구 증가 때문에 재앙을 겪은 뒤로 사이보그
화 수술은 프록시마 행성에서만 가능하다. 은하는 별일 아
니라는 듯 웃었다.

"언젠가 폐를 기계로 바꾼다면 걱정이 사라지려나."

몸이 전부 기계가 된다면 그건 나일까. 글쎄. 기억이 남아
있다면 나처럼 행동하지 않을까. 그럼 기억이 나인 걸까.

엄마에 관한 이야기를 끝내고 은하는 나에게 이것저것 물
어보았다. 건네지 못한 위로의 말 대신이었는지 나는 살아
오면서 한 것보다 더 많은 이야기를 했다. 은하는 연신 고개
를 끄덕이고 다양한 표정으로 반응했다. 부딪히려고만 하는
나와는 다르다. 그게 인간이겠지. 진짜 인간. 누군가에게 마
음을 연다는 말이 뭔지 조금은 알 수 있었다. 은하는 나에게
없는 엄마를, 언니를, 동생을 떠올리게 했다.

시간이 얼마나 흘렀을까. 나는 순간 몸을 떨었다.

"괜찮아?"

머릿속 칩이 보호소로 갈 시간이 지났음을 알렸다. 은하

는 내가 몸이 안 좋은지 살폈다. 편안한 시간은 영원할 수 없다. 돌아가려는 나에게 은하는 한쪽 손바닥을 세우고 내밀었다. 나는 머뭇거렸다.

"뭘 하는 거야?"

은하는 내 한 손을 잡아 자기가 들고 있던 손바닥에 가져다 댔다. 그런 다음 내 눈을 바라보고 웃으며 말했다.

"마음에 담으면 언제나 곁에 있는 거야."

그날 이후 우리는 헤어질 때면 손바닥을 맞댔다. 나중에 알았지만, 그것은 은하의 엄마가 은하를 안심시킬 때 하던 행동이었다. 특별한 의식처럼 손을 맞대고 나면 은하와 하나가 된 기분이 들었다. 은하도 엄마의 감촉을 기억하며 그리움을 견뎠을까. 보호소의 차가운 캡슐, 저희끼리 모여 시시덕거리는 아이들 속에서 손끝에 남아 있는 느낌을 되새겼다. 부작용이 따랐다. 캡슐 속에서 매일 밤 홀로 남는 일이 두려워졌다. 두려움에 대해 곰곰이 생각하고 밑바닥까지 내려가려고 했다. 마지막에 다다른 곳에는 무엇도 없었다. 쓸쓸함과 고독함이라는 단어가 떠올랐다. 잠을 설치다 눈을 뜨면 언제나처럼 캡슐 벽이 사방에서 나를 조였다. 내가 태어난 기계 속으로 돌아가는 편이 나을지도 모른다.

주말이면 외출 허가를 받고 은하 집으로 갔다. 은하와 함께 종이로 만든 책을 읽는 게 좋았다. 책장 옆 벽은 전체가 커다란 액자였는데 우주의 모습이 시간에 따라 바뀌며 나났다. 태양계, 프록시마계, 계절에 따라 달라지는 별자리들. 나는 사진이 바뀔 때마다 이름을 읊었다.

"어떻게 다 알아?"

사진을 찍은 위치와 천체 간의 거리를 계산하면 그게 어떤 별인지 알 수 있다. 은하는 침대에 걸터앉은 나에게 물컵을 건넸다.

"근데 너 눈동자에서 파란빛이 난다. 은하수 같아."

나는 은하와 마주친 눈길을 살짝 돌렸다. 내 유전자에는 파란색 눈을 가진 인간의 정보가 섞였다. 다른 지역에도 가끔 그런 아이가 있지만, 이 도시에는 나 혼자다. 그때 액자 속 검은 우주에서 혜성 하나가 꼬리를 끌며 빛을 냈다. 나는 멍하니 중얼거렸다.

"저렇게 어디로든 날아갈 수 있다면."

은하가 내 어깨에 손을 올렸다.

"이 사진을 볼 때마다 네가 떠오를 거야. 앞으로 널 혜성이라고 부를게."

은하는 자기 방에 있는 모든 것을 나와 나누었지만, 난 줄

김문경

것이 없었다. 보호소에 데려간다고 해도 둘이서 머물 곳은 입구 쪽으로 사람들이 지나다니는 비밀 없는 캡슐 속 공간뿐. 나는 그저 은하가 하는 말들을 가만히 들어 줄 수 있을 뿐이었다. 그때 밖에서 이동 장치가 착륙하고 문이 열리는 소리가 났다. 뒤이어 묵직한 구두 발걸음 소리와 거칠고 두꺼운 목소리가 마당을 울렸다.

"딸, 아빠 왔다!"

나는 은하를 따라 거실로 나갔다. 은하의 아빠는 제복을 입고 있었다. 짧은 소매 아래로 검게 탄 팔뚝이 굵었다. 아저씨는 거실에 들어서며 말했다.

"친구니?"

은하가 나를 소개했다.

"혜성이야."

L24보다 혜성이라고 부르는 게 편하겠지. 아저씨는 나에게 별다른 것을 물어보지 않았다. 그래서 마음이 편했다. 아저씨는 옷도 갈아입지 않은 채 음식을 준비하고 식탁에 펼쳤다. 이렇게 많은 음식을 앞에 둔 건 처음이었다. 보호소에서는 알약 몇 알이나 마른 섬유질 덩어리를 준다.

"혜성이도 많이 먹어라."

살갑게 대하지 못하는 나에게 아저씨는 거침없이 말했다.

힘이 넘치는 모습이 어디서든 살아남을 전투 로봇 같았다. 이런 아빠와 지낸다면 은하가 앓는 병도 발붙일 곳을 찾지 못할 것이다. 하지만 은하는 표정이 밝지 않았다. 아저씨가 씻으러 간 사이 은하에게 괜찮은지 물었다.

"아빠가 밝게 행동할수록 불안해져."

잠시 뒤 아저씨가 돌아와 자리에 앉아 말했다.

"은하야, 많이 먹어. 우주선에 타려면 몸이 건강해야 해!"

은하가 병을 치료하기 위해 프록시마 행성으로 떠난다는 사실을 그때 알았다.

그건 언제일지 모르지만, 반드시 찾아오는 저주였다. 벗어나는 방법은 섬유화가 진행되기 전 폐를 기계로 바꾸는 길뿐이다. 은하 아빠는 장교만 지원할 수 있는 우주선 관리 시험에 합격했다. 두 사람은 우주선 탑승에 대비해 우주 센터가 있는 이곳으로 왔다. 그 모든 것이 나에게 주는 의미는 하나였다. 은하와 헤어져야 한다는 사실. 나는 아저씨에게 처음 말을 걸었다.

"어떻게 해야 우주선에 탈 수 있어요?"

아저씨는 고개를 한 차례 끄덕이고 알려 주었다. 국립 과학 대학에 들어가야 한다. 몇 명 뽑지 않으니 경쟁이 심하다.

김문경

보호소 아이들은 고등학교를 졸업하고 나면 지원이 끊긴다. 성인이 되면 나를 도와줄 사람 따위 없다. 캡슐조차 비워 줘야 한다. 그래서 대부분 정화 시설로 떠난다.

"학생이 장교로 지원하면 장학금을 받을 수 있단다. 졸업한 뒤에 통신 장교나 정비 장교로 우주선에 탑승할 수 있지."

아저씨가 말을 끝내자 은하가 나에게 물었다.

"왜? 너도 가려고?"

나는 잠시 말하지 않았다. 은하가 내 마음을 읽었는지 마주 앉은 나를 향해 허리를 펴고 손을 내밀었다.

"다시 만나는 거야."

갑자기 몸을 움직여서 은하가 기침했다. 아저씨가 등을 몇 차례 쓰다듬어 주고 나서야 진정했다. 벌겋게 달아오른 얼굴을 보며 나는 은하를 잡을 수 없다는 사실을 알았다.

보호소 복도에서 떠드는 아이들 목소리가 캡슐 안에 메아리친다. 귀를 막고 옆으로 누워 몸을 웅크렸다. 나는 캡슐을 뚫고 보호소 천장 너머 우주로 간다. 어둠 속에서 별을 향해 빠른 속도로 날아간다. 우주에 흩어져 있던 수소 입자들이 내 몸에 알알이 박히고 나는 산산이 조각나 먼지로 흩어진다. 눈을 떴다. 프록시마로 가려면 대학에 들어가는 길뿐이

다. 은하를 만나기 위해, 환경을 살린다는 이유로 나를 죽이
지 않기 위해서는 우주선에 타야만 한다.

다음 날부터 나는 말수가 더 줄었다. 반대로 생각은 많아
졌다. 달라진 분위기에 은하도 내 눈치를 살피는 것 같았다.
수업 시간에 선생님은 우주선 출발 때문에 당분간 도시를
떠나야 한다는 사실을 아이들에게 알렸다.

"방사선으로 샤워하고 싶은 사람은 남아 있든가."

학교가 몇 달 동안 다른 도시에 있는 건물로 이동한다. 그
와 함께 선생님은 은하가 떠난다는 사실도 말했다. 쉬는 시
간에 보호소 녀석들이 은하에게 몰려들었다.

"이런 후진 학교에는 왜 왔나 했다."

"남아 있는 우리만 고생이지."

은하는 책상을 내려다볼 뿐 별달리 대꾸하지 않았다. 그
게 녀석들의 비위를 더 상하게 했다. 얼마 전 내가 입술을 터
트렸던 녀석이 손가락으로 은하의 머리를 쿡쿡 찔렀다. 나
는 자리에서 일어나 녀석에게 걸어갔다. 말은 필요 없다. 나
는 있는 힘껏 녀석을 밀어 넘어뜨렸다. 녀석은 외마디 욕설
을 내뱉으며 일어나 나에게 달려들었다. 힘으로 싸운다면
나는 녀석의 상대가 되지 않는다. 그동안 녀석은 주위 눈치
를 보느라 여자인 나와 싸우는 일을 꺼렸지만, 더는 참지 않

았다. 그간 나에게 쌓였던 울분과 아니꼬움을 단번에 터트리려는 것 같았다. 어서 와라. 둘 다 부서지면 그만이니까.

그때 은하가 자리에서 일어나 내 앞을 가로막았다. 녀석이 달려오는 힘에 부딪혀 은하가 쓰러졌다. 그와 동시에 코에 꽂고 있던 호흡기가 바닥에 떨어졌다. 은하는 채 일어나지 못하고 숨을 헐떡였다. 내게 달려들던 녀석은 그 자리에 서서 흥분한 채 어쩔 줄 몰랐다. 내가 호흡기를 주웠지만, 전원이 들어오지 않았다. 주위에 있던 아이들이 선생님을 호출했다. 나는 한쪽 무릎을 꿇고 은하를 반쯤 일으켰다. 바람 새는 소리로 은하가 띄엄띄엄 말했다.

"자신을 아껴야지……."

내가 뭐라 말하지 못하는 사이 선생님이 구급 장치를 들고 교실에 들어왔다. 지금처럼 빠르게 움직이는 선생님을 본 적이 없었다. 선생님은 임시 호흡기를 은하의 얼굴에 씌운 뒤 은하를 안고 나갔다.

정신 교육 영상이 시야를 가득 채웠지만 느낄 수 없었다. 지도실에서 나올 때 은하가 무사하다는 말을 듣고 집으로 찾아갔다. 버튼을 누르자 문이 열리고 은하가 나왔다. 코에 새 호흡기를 끼고 어깨에는 작은 담요를 걸치고 있었다. 입술이 말라 살짝 갈라졌을 뿐 표정은 밝았다. 해가 지는지 주위가 조금씩 어두워졌다. 나는 은하에게 참고 있던 말을 꺼냈다

"안 갈 수는 없겠지."

은하는 그저 웃으며 내 양손을 잡고 흔들었다. 담요가 은하 어깨에서 흘러내렸다. 나는 다시 말했다.

"난 네가 가지 않았으면 좋겠어."

은하가 고개를 끄덕였다.

"나도."

프록시마로 떠나는 사람만 남고 대부분이 이동했다. 다른 지역 보호소로 가기 전날 나는 은하를 만났다. 그것이 지구에서의 마지막 만남임을 우리는 알고 있었다.

"가기 전에 연락할게."

헤어지며 손을 맞대는 순간에도 나는 별다른 말을 하지 않았다. 내가 조금만 더 넓은 마음을 가졌더라면 두 팔로 있는 힘껏 은하를 안아 주었을 텐데.

새 보호소에서 배정받은 캡슐에는 영상 통신 장치가 있었다. 우주선이 출발하기 며칠 전까지 은하는 계속 연락했다.

"프록시마 행성까지 가는 데 여섯 달이 걸린대. 지구에서

김문경

는 6년이 지났을 거야."

은하가 새하얀 얼굴로 말했다.

"가는 길에 국제 우주 정거장이 있어. 프록시마 행성 근처에 있는 것까지 세 개가. 두 달에 한 번씩 지나게 돼. 들를 때마다 메시지를 보낼게."

은하에게는 두 달에 한 번이겠지만, 나에게 메시지가 오는 건 2년에 한 번일 거다. 세 개의 정거장에는 각각 인공으로 만든 소형 웜홀이 있다. 메시지를 담은 전파가 웜홀을 통해 지구 근처 웜홀로 도착한다. 우주선도 웜홀을 통해 바로 이동하면 좋겠지만, 웜홀을 통과한 것은 산산이 분해된다. 생명체는 물론 우주선까지도. 다행히 전파만은 재조립할 수 있다.

우주선이 출발하는 날이었다. 보호소에 있는 공용 스크린 앞에서 은하가 탄 우주선이 대기권을 벗어나는 모습을 지켜보았다. 왜 좀 더 잘해 주지 못했을까. 은하와 함께하는 시간이 행복했음을 왜 몰랐을까. 왜 나는 그 순간에 느끼지 못하고 시간이 지난 뒤에야 깨달을까. 감정 대신 논리만 가득한 뇌가 원망스러웠다. 나는 자리에서 일어났다. 그때 나와 늘 충돌하던 녀석이 내 앞을 가로막았다.

"또 혼자가 됐네?"

상대하지 않고 스쳐 지나쳤다. 평소와 다른 내 반응에 당황했는지 녀석도 더는 시비를 걸지 않았다. 캡슐에 들어가 베개에 얼굴을 파묻었다. 처음부터 없었다면. 원래 없었던 것에 대해 슬퍼할 이유도 없을 텐데. 은하로 인해 내 안에 없던 자리가 생겼고 그 아이가 떠났지만 자리는 그대로였다. 처음 사귄 친구는 내게 채울 수 없는 공간만을 남겼다.

책을 읽기 위해 노력했다. 알아야 할 것들이 너무 많았다. 전자 섬유에 뜨는 글자에는 도무지 집중할 수가 없다. 주위에서 조금만 소리가 나도 정신을 빼앗겼다. 나는 도시에서 운영하는 도서관을 찾아갔다. 발길이 드문 가장 아래층에 종이로 만든 책들이 있었다. 종이에서 풍기는 텁텁한 냄새가 은하의 방을 떠올리게 했다. 책장을 넘길 때면 가슴속에 불덩어리가 사그라들고 차분해졌다. 보호소 녀석이 내가 빌려 온 종이책을 물에 빠트렸을 때 난 녀석을 죽여 버리고 싶었다. 하지만 자신을 소중히 여기라던 은하의 말을 되새기고 감정을 가라앉혔다. 싸우는 대신 아이들을 피해 도서관으로 갔다. 달라진 내 모습에 한동안 괴롭힘이 심해졌지만, 결국 내가 아닌 녀석들이 포기했다.

김문경

은하가 떠난 지 2년이 되었을 때 첫 번째 메시지가 도착했다. 아무도 없는 조용한 시간에 나는 캡슐 속에서 영상을 켰다. 캡슐 한쪽 면을 영상이 가득 채웠다. 검은 배경 속에서 은하의 얼굴이 빛났다.

"혜성아, 잘 지냈어?"

혜성, 한 사람만 사용하는 이름. 은하와 이야기 나눌 수 있다면……. 마음은 간절하지만, 은하는 닿을 수 없는 곳에 있다. 얼굴을 보고 목소리를 듣는 것으로 만족했다. 별의 무리 속으로 빛보다 빠르게 날아간다고 은하는 말했다. 메시지가 끝날 무렵 은하는 손바닥이 보이도록 손을 내밀었다. 나는 은하의 손에 내 손바닥을 포갰다.

다시 2년이 흘렀다. 나는 고등학생이 되었다. 커진 키 때문에 캡슐 속에 앉으려면 머리를 숙여야 했다. 내가 커질수록 공간은 좁아져만 갔다. 두 번째 메시지가 도착했다. 완전히 성장한 나와 달리 영상 속의 은하는 여전히 어린 시절 모습 그대로였다. 나에게만 주어졌던 시간 동안 은하와의 기억도 조금은 멀어져 있었다.

보호소 아이들 몇은 환경 정화 작업에 지원했다. 일찍 가서 무어라도 하는 편이 나을지도 모른다. 정신없이 몸을 움직이면 생각 따윈 떠오르지 않을 테니까. 하나둘 보호소를 떠나는 상황에서도 나는 꿈을 버리지 않았다. 더는 은하를 만나기 위해 살지 않았다. 그저 나를 위해 공부할 뿐이었고 성적은 조금씩 올라 다른 아이들을 제쳤다. 학기 말 성적이 발표될 때면 그 아이들 부모가 학부모회에서 나를 전학시키길 요구했다.

"유전자 조합으로 만들어졌으니 지능이 높은 건 당연하겠지."

"아이들과 같은 방식으로 평가하는 건 말도 안 돼!"

나는 그 자리에 서 있었다. 자기 아이들도 인공 자궁에서 태어났는데 나와 무엇이 다르단 건지. 은하가 떠올랐다. 엄마에게서 태어난 아이. 유전자에 손대지 않은 아이. 내가 느끼는 인위적인 것과 반대되는 순수한 자리에는 은하가 있을 뿐이었다.

나는 여러 차례 학교를 옮겨야 했다. 그러면서 성적은 계속 올랐다. 어디서든 나만 생각했다. 밀어낼수록 물고 늘어졌고, 기어올랐다. 보호소 아이들은 대학으로 가는 최종 면접시험에서 뇌를 스캔하며 평가받는다. 그 순간만큼은 내 안의 불길이 고개를 치켜들지 않길 바랐다.

김문경

심사장에 들어가 앉자 맞은편 벽에 홀로그램 장치가 작동하고 감독관의 모습이 나타났다. 그는 나를 쳐다보지 않은 채 말했다.

"이름은?"

"혜성."

감독관은 그제야 눈을 들었다가 다시 모니터를 살폈다.

"됐고, L24. 시험을 시작한다."

머리 위로 신경과 연결되는 스캐닝 장치가 내려왔다. 짧은 공명음이 나고 장치가 작동하기 시작했다. 쓸데없는 생각은 말아야 한다. 한 곳에서라도 이상 반응이 나타나면 입학을 거절당할 것이다. 여러 문제와 질문이 뇌를 통해 전달되었다. 인공 지능이라도 과부하가 걸리지 않을까. 목덜미에 식은땀이 솟는다. 차갑다. 나는 책을 읽을 때를 떠올렸다. 도서관…… 은하의 방…… 텁텁한 종이 냄새…….

최종 시험에서 나는 국립 과학 대학 전자 통신학과에 합격했다. 장교로 임관해 전 학년 장학금을 받을 수 있었다. 보호관들이 나에게 했던 독하다는 말은 어느새 자기 삶을 챙기는 똑똑한 아이라는 평가로 바뀌어 있었다. 보호소 출신 중 반복해서 말썽을 일으켰던 아이들은 가장 극한 지역으로 투입되었다. 나와 사이가 좋지 않던 녀석은 극지로 떠나며 내게 말했다.

"너 잘될 줄 알았다. 그렇게 살았는데 당연하지. 젠장 난 이게 뭐람."

삶을 제대로 살아내지 못한 것을 누구에게 탓할 수 있을까. 사람은 누구나 자기만 챙길 수 있다. 제 몸 하나 지키기도 벅차다.

대학에서도 달라진 건 없었다. 나는 혼자였다. 동기 중 유일하게 보호소에서 자랐기 때문인지 모두 나를 어색하게 대했다. 제복을 입고 다녔기에 공부만 하는 기계라고 생각했는지도 모르겠다. 두 사람씩 사용하는 기숙사의 방을 나는 혼자서 사용했다. 여학생 수가 홀수였고, 나와 같은 방을 사용하고 싶어 하는 사람도 없었다. 작은 캡슐에 익숙해진 나에게 일정한 크기를 넘어선 공간은 없는 곳과 같았다. 나의 방에는, 있지만 없는 자리가 존재했다. 쓸데없는 생각에 복잡해지고 싶지는 않았기에 방에 머무를 때면 그저 허리를 펴고 일어날 수 있다는 사실에 만족하려고 애썼다.

시간이 흐르고 조금씩 사람들과 가깝게 지낼 수 있었다. 모두 그저 같은 인간일 뿐이었다. 한 번 사귀었던 친구로 인

김문경

해 내 안에 닫혔던 문이 조금은 열렸을 것이다. 그래도 다른 생각이 들지 않는 수업 시간이 가장 편했다. 전파 분석 실습을 하면서 나는 어떤 사실 하나를 알게 되었다. 은하가 보냈던 메시지는 웜홀을 통해 전송된 것이 아니었다. 지구를 도는 수많은 위성 중 하나에서 받은 신호였다. 지구에서 보낸 전파를 되돌려받았을 뿐인.

　이제는 폐허처럼 변한, 어린 시절을 보냈던 도시를 찾아갔다. 해마다 우주선이 떠나며 쏟아낸 방사선 때문에 도로는 삭았고, 낡은 건물만 묘비처럼 늘어서 있었다. 주민 대부분이 떠난 거리를 정적만이 채웠다. 차에서 내려 은하와 다니던 길을 걸었다. 길가에 깔린 잔류물이 모래알처럼 구두 바닥에 씹혔다. 얼마 지나지 않아 은하가 살던 돔 앞에 이르렀다. 잊고 지냈던 기억 몇 조각이 떠올랐다.

　돔의 문은 반쯤 열린 채였다. 버튼을 누르고 두드려 봐도 반응이 없었다. 조심스레 문을 밀고 마당으로 들어갔다. 마당에 있던 작은 나무는 천장에 닿을 만큼 자랐다. 대답이 없었는데, 머리가 하얗게 세고 비쩍 마른 남자가 마루에 앉아 있었다. 남자는 고개를 들기도 힘에 부치는지 천천히 눈동자만 움직였다.

"무슨 일이오?"

"은하라는 아이가 살지 않았나요?"

남자는 한동안 말없이 나를 바라보았다. 다른 누군가의 모습을 내 얼굴에서 찾으려는 듯했다. 주름진 눈가에서 묻어나는 쓸쓸한 표정이 익숙했다. 남자가 말했다.

"꿈은 이루었니?"

은하의 아빠였다. 우주선에 타기 전 은하의 폐가 빠르게 굳었다. 손을 쓸 수 없었다. 아저씨는 은하를 냉동이라도 시켜 데려가려고 했지만, 운항 중 사망할 가능성이 있기에 탑승이 거부되었다. 병원에서 지낸 짧은 기간 은하는 나에게 보낼 영상 세 편을 만들었다. 웜홀을 통해 보낼 메시지를, 정확히는 내가 그렇게 생각하며 볼 영상을. 아저씨는 아내와 딸이 잠들어 있는 곳을 떠나지 않았고 우주가 아닌 지구에서 은하의 마지막 부탁을 들어주었다.

기숙사로 돌아왔을 때 세 번째 메시지가 도착했다는 알림이 떴다. 나는 방으로 들어가 문을 닫은 뒤 메시지를 열었다. 벽 한쪽 영상 속에 은하가 나타났다.

"이젠 다 컸겠네."

은하는 내가 건강한지, 대학에 들어갔는지를 물었다.

김문경

"무얼 하든 포기하지 마."

메시지가 끝날 때가 되자 은하는 영상 속에서 손바닥을 내밀었다.

"마음에 담으면 곁에 있는 거야."

어린 시절 은하와 지냈던 날들이 떠올랐다. 집으로 가는 길, 은하의 집, 키 작은 나무, 책장에서 나는 냄새……. 비어 있는 줄 알았던 자리가 은하의 기억들로 채워져 있었다. 은하는 먼 우주 어느 곳에 있지 않았다. 나는 은하가 내민 손에 손바닥을 포갰다.

마주 보고…… 웃는다.

우리의 몸은 우리가 사는 차원에서 벗어날 수 없습니다. 지구가 중력으로 모든 것을 끌어당기고 우리는 정해진 물리 법칙 속에서 살아갑니다. 하지만 우리의 생각만은 다릅니다. 생각으로 우리는 순식간에 수억 년 떨어진 별에 갈 수 있습니다. 공룡이 뛰고 익룡이 날던 까마득한 옛날로도, 안드로메다은하와 우리 은하가 결합할 먼 미래로도 갈 수 있습니다. 그곳에서 밤하늘의 무수한 별을 바라봅니다. 이처럼 우리가 경험할 수 있는 가장 높은 차원의 세상은 우리 머릿속에 존재합니다.

누군가는 그저 공상에 지나지 않는다고 말할지도 모릅니다. 하지만 인류가 이룩한 모든 문명은 이런 하나하나의 작은 생각에서 비롯되었습니다. 인터넷은커녕 텔레비전조차 널리 보급되지 않았던 시절, 한낙원 선생님은 소설을 통해 독자를 미래로 초대했습니다. 그 이야기가 누군가에게는 재미와 흥미를 주고 누군가에게는 한 줄기 빛과 같은 감동을 남겼을 것입니다. 이처럼 작가는 작품으로 누군가의 마음 깊은 곳에 다다르고 싶어 합니다. 내면에 닿은 글은 잔잔한 마음에 물결을 일으키고 영혼을 흔듭니다.

이번 제10회 한낙원과학소설상에 투고했던「시간 속의 너에게」는 시간의 흐름 속에서도 변하지 않는 마음에 관한 이야기입니다. 우리가 그대로 있고 싶어도 시간은 모든 것을 변하게 합니다. 붉게 물든 꽃도 열흘이면 지고 영원할 것 같았던 어린 시절도 언제였는지 모르게 흘러갑니다. 항상 곁에 머무를 줄 알았던 사람과도 이별해야 합니다. 시간은 모든 것을 바꿉니다. 그렇지만 단 하나, 누군가와 함께했던 기억만은 시간의 손길이 닿지 않습니다. 함께하지 못해도 마음을 나누었던 기억은 가슴 한편에 새겨집니다. 기억하는 한 내가 사랑했던 모든 사람은 나의 곁에 남습니다. 그들은 내가 즐거울 때, 외로울 때 언제나 곁에서 함께하고 시간과 공간 저편에서 두 팔을 뻗어 나를 끌어안아 줍니다.

김문경

영원이 손을 내밀 때

김문경

도시 가장자리 13구역 건물은 대부분 가족 없는 사람들이 혼자서 지낸다. 건물 지하 가장 안쪽에 있는 집은 누구도 찾아온 적이 없었다. 작은 방이 하나뿐인 집 안은 발 디딜 틈조차 없다. 수백 년 전에 사용하던 통신 장비부터 비교적 최근에 발매된 신경을 자극하는 헤드셋까지. 대부분 분해되어 있어 제대로 작동하는 것은 드물다.

앞다리가 없는 작은 강아지 로봇이 벽에 머리를 박고 뒷다리를 휘젓는다. 그 옆에 소년이 앉아 있다. 이 건물에 십 대 아이는 소년뿐이다. 소년은 작은 공구를 손에 들고 기기를 열었다 다시 조립하기에 여념이 없다. 신경과 연결되는 헤드셋의 한계치를 넘게 한 다음 소년은 머리에 썼다. 헤드셋이 작동하자 입안을 쑤시는 신맛 때문에 소년의 입에서 침이 폭포처럼 쏟아졌다. 시신경과 감각 신경을 동시에 자극해 거대한 곰의 수북한 털 속에 뛰어드는 기분을 느끼기

도 한다. 곰의 털 속에서 잠시 머물던 소년은 문뜩 헤드셋을
벗었다. 공구로 가득한 책상 한편에서 누군가 소년을 내려
다보고 있다. 사진 속에서 남자가 짓는 미소는 소년을 향한
것이 아니었다. 언제 인쇄했는지 알 수 없는 사진은 소년의
감정처럼 색이 바랬다. 한동안 멍하게 앉아 있던 소년은 바
닥에 놓인 작은 회로 기판 하나를 들었다. 소년은 아무 표정
없이 각진 모서리를 손목에 가져다 댔다. 그때였다.

"안 돼! 뭐 하는 거야!"

알 수 없는 목소리가 방 안에 울렸다.

"하지 마!"

소년은 동작을 멈추었다. 혼자 있는 방에서 나는 누군가
의 목소리는 기이함과 공포를 자아내기 충분했다. 그 느낌
이 소년의 마음에 변화를 일으켰다. 소리는 한쪽 벽에 쌓인
잡동사니 속에서 났다.

"삶을 포기하면 안 돼."

"뭐야? 너 누구야?"

소년은 잡동사니를 뒤졌다. 소리가 난 것은 수백 년 전 개
발되었던 영혼 대화 장치였다. 한때 다른 차원의 존재와 대
화할 수 있다고 인기가 많았던 영혼 대화 장치는 어느 때부
턴가 사람들에게 잊혔다. 오래된 스피커에서 나는 소리는

잡음이 섞여 차가웠지만, 안에 담긴 메시지는 달랐다. 처음에 소년은 다른 어딘가와 주파수가 겹쳐서 소리가 난다고 생각했다. 하지만 목소리는 소년의 행동을 그대로 보는 것처럼 말했다. 소년이 다시 소리쳤다.

"도대체 누구냐고? 누가 장난치는 거야!"

"난 네 엄마다. 힘들게 낳아 줬더니 죽으려고 해? 이런 어리석은."

"뭐? 난 엄마 없어!"

"그러니까 세상을 떠난 네 엄마라고."

"난 유전자 복제로 태어났어. 아빠밖에 없다고. 너 누구야!"

목소리는 잠시 말을 더듬었다.

"그럼 네 아빠다."

"그분은 살아 있어. 그리고 넌 여자애 목소리잖아."

"어쨌든 네 조상님이시다. 어디 소중한 목숨을 함부로 끊으려 하느냐?"

"너 뭐야? 뭐냐고! 어떤 놈이 장난질이야?"

"장난? 장난이면 재미있어야지. 우라질."

"우라질? 우라질은 또 무슨 소리야?"

"젠장. 우라질도 몰라?"

"젠장은 또 무슨 말이고?"

"욕이다."

"욕?"

"그래. 난 생전에 욕을 잘했지. 국밥 장사로 손님들의 입맛을 사로잡았어."

"국밥이 도대체 뭘 어쨌다는 거야? 자꾸 이상한 소리 할 거냐? 너 몇 층에 살아? 내가 당장 찾아간다!"

"호호호."

목소리가 섬뜩한 분위기를 풍겼다.

"내가 죽었을 때가 그러니까, 언제였더라……."

영혼 대화 장치가 정말 되는 거였나. 소년은 처음엔 불안했지만, 대화할수록 세상에 자기 혼자라고 느꼈던 기분이 사라져 갔다. 목소리는 계속 말했다.

"내가 한때 이집트에서 여왕이었는데, 콧대가 높기로 유명했지."

"좀 전엔 욕하는 할머니였다며."

"어쨌든 지금 죽으면 내가 있는 이 세계로 들어오게 될 거야. 아주 끔찍한 것들이 기다리고 있다. 웬만한 귀신은 다 모여 있다고 보면 돼."

소년은 영혼 대화 장치를 들고 여기저기 살폈다.

김문경

"정말 영혼이야? 다른 차원에서 말하는 거야?"

"그렇다마다. 아니면 네가 하는 행동을 어떻게 알 수 있겠어. 영혼 대화 장치로 이야기하는 건 실로 수백 년 만이군."

"수백 년?"

"내가 세상을, 아니 네가 있는 차원을 떠난 게 천 년쯤 전이었지."

"천 년? 너 아이 목소리잖아. 장난하지 마."

"죽었을 땐 열여섯 살이었으니까."

"뭐야, 그럼 나랑 한 살 차이잖아."

"어딜 맞먹으려고. 난 여기서 천 년을 보냈다고."

"됐고. 난 살아 있을 때 나이만 친다."

"분하다."

목소리의 주인이 누구든 소년은 이야기하는 게 싫지 않았다. 한참을 떠들다 소년이 진지하게 물었다.

"그럼 넌 어떻게 죽었는데?"

잠시 정적이 흘렀다. 소년이 다시 무언가 물어보려 할 때 스피커에서 갑자기 찢어지는 비명이 터져 나왔다. 소년은 귀를 틀어막았다. 이내 고요해졌고 더는 목소리가 들리지 않았다.

소년은 날카로운 회로 기판을 치워 버렸다. 자리에서 일어난 소년은 잡동사니를 발로 헤치고 몇 달 만에 처음 밖으로 나갔다. 누군가와—설령 그게 사람이 아닐지라도—오랜 시간 이야기했기 때문일까, 소년은 사람들이 많이 찾는 상가를 터덜터덜 돌아다녔다. 누구도 소년에게 관심을 두지 않았지만 상관없었다. 소년은 전자 장비가 가득한 가게에 들러 충전지 하나를 샀다. 집으로 돌아온 소년은 영혼 대화 장치에 충전지를 갈아 끼우고 귓속에 들어 있는 센서와 연결했다. 목소리가 다시 말한다면 소년은 어디서든 들을 수도 이야기할 수도 있게 되었다.

그날 밤 소년이 영혼 대화 장치를 베개 삼아 방 한쪽 구석에 누웠을 때 목소리가 들렸다.

"갑자기 가 버려서 미안."

소년은 기뻤지만 내색하지 않았다.

"괜찮아."

"안 좋은 기억이 떠올라서. 하지만 아까 했던 네 질문에 대답해 줄게."

"어려우면 하지 않아도 돼."

"뭐야, 기껏 말하려고 왔더니."

"정 하고 싶다면 들어 줄게."

"쳇."

은조는 초콜릿을 만들고 싶었다. 달콤함을 타고 입안에 퍼지는 텁텁한 향과 목덜미까지 싸하게 만드는 진한 맛에 반했다. 공부는 안 하고 무슨 초콜릿이냐며 부모님은 반대했지만, 결국 은조는 자기 뜻대로 고등학교 조리학과에 진학했다. 기다렸던 쇼콜라티에 직업 체험이 있던 날 은조는 들뜬 마음으로 집을 나섰다. 학교 근처 사거리를 지날 때 굉음이 울렸다. 은조는 자신에게 무슨 일이 일어났는지 알 수 없었다. 차 한 대가 은조를 산산이 부수고 건물 벽까지 돌진했다. 단말마의 비명조차 내지르지 못한 채 은조의 정신은 몸에서 분리되었다. 마약을 투약하고 운전한 남자는 경찰 조사에서 구름 위를 달리는 기분이었다고 진술했다. 사람들은 분노했지만, 사고는 얼마 지나지 않아 잊혔고 남자는 조용히 풀려났다.

"그때부터 난 인간이 머무는 곳보다 한 단계 위 차원에서 떠돌았어. 사람들이 흔히 말하는 유령이나 귀신 따위가 된 거지. 내가 있는 차원으로는 빛과 소리만 파동으로 전해져. 냄새나 맛, 피부를 타고 전해지는 감각은 느낄 수 없어. 거울 반대편에 갇힌 것 같아."

"너를 죽게 만든 사람, 벌 안 받은 거야? 너무 억울하잖아!"

"몇 년 뒤 그 남자는 도심지 호텔의 가장 높은 층에 있었어. 귀를 때리는 음악과 팔에 주사를 놓는 사람들 사이에 녀석이 앉아 있었지. 그런데 약물 때문인지 녀석의 심장이 서서히 멎고 있었어."

"뭐야? 또 못된 짓 하다가 죽은 거야? 원한이 풀렸어?"

"아니, 허망했어. 나에겐 주어지지 않았던 시간을 쾌락을 위해 살다가 날려 버리다니. 그저 원망만 남았지."

소년은 고개를 끄덕였다. 자신의 행동을 은조가 막으려 했던 이유를 알 수 있었다. 소년이 말했다.

"그곳에 다른 영혼은 없어? 이 장비에 반응한 건 네가 처음이거든."

"글쎄. 지금도 어딘가 먼 곳에는 있을지도 모르지. 하지만 내 주위에 있던 영혼은 전부 사라졌어."

"왜? 무슨 일이 있었는데?"

은조는 다시 말이 없었다. 소년이 물었다.

"혹시 또 비명 지르려는 거 아니야?"

"맞아. 넌 눈치가 빠르구나. 혼자 살면 보통 눈치가 없던데."

소년은 영혼 대화 장치를 손에 들었다.

김문경

"너 소리 지를 거면 잠깐 끄고."

"사실 그건, 너도 알다시피 차원 간 대화 장치지. 기계 안에 있는 자석에 의해서 차원의 통로가 아주 조금 열리거든. 인간은 다른 차원에 대해 알게 됐는데 그게 문제였어."

"문제?"

영혼은 또 다른 차원에 있을지 모르는 문명에 인간의 존재를 알리는 지표가 될 수 있었다. 과거 지구에 있던 다른 민족끼리도 서로 침략하고 노예로 삼았다. 국가는 영혼이 인류에게 위험을 줄 수 있다고 판단하고 제거하기 시작했다. 방법은 간단했다. 대화 장치로 영혼을 끌어모은 다음 강력한 중력파를 일으켰다. 중력은 차원을 넘기에 영혼들은 그 자리에서 소멸했다. 은조의 이야기를 듣고 소년이 물었다.

"넌 살아남았잖아."

"내 바로 앞에서 다른 영혼들이 사라졌어. 조금만 가까웠다면 나도 지금 여기 없었을 거야. 난 그때부터 사람이 없는 곳을 찾아 돌아다녔어. 그런데 말이야, 영혼을 없앤다는 것 자체가 한심한 생각이었어. 다른 차원을 공격할 수준을 가졌다면 자기들 문명만으로도 무엇이든 해결할 테니까."

소년은 고개를 끄덕였다.

"결국 아무 일도 일어나지 않았고, 국가에서는 영혼 없애기를 중단했지. 영혼 대화 장치도 사람들의 기억에서 멀어졌고."

"너라도 살아서 다행이야."

"난 죽었어."

"아, 그러네. 네 영혼은 사라지지 않아서 다행이야."

은조는 깔깔거리며 웃고는 말했다.

"영혼 중에는 스스로 중력파에 뛰어드는 이들도 있었어. 끝없는 삶이 허무했을까. 하지만 난 그러지 않았어. 난 어디에 있든 최선을 다하거든. 그러니까 너도 앞으로 그런 행동은 하지 말라고. 또 그러면 내가 평생 네 등에 달라붙어 있을 거야."

"소름 돋는군."

"그러려면 일단……."

은조는 소년에게 방을 청소하라고 다그쳤다.

"방이 정돈돼야 마음도 편한 거야."

소년은 은조의 잔소리가 싫지 않았지만, 그렇다고 방이 깨끗해지지도 않았다. 은조가 물었다.

"혹시 책상 위에 있는 사진, 아빠야?"

소년을 닮은 남자는 연구소를 배경으로 하얀 가운을 입고 있었다. 소년은 한동안 말이 없었다.

김문경

겨울이 지나고 멈춰 버린 은조의 나이처럼 열여섯이 되었을 때 소년은 진로에 대한 고민에 빠졌다. 비어 있는 방 한쪽 구석에 누워 있는 소년에게 은조가 물었다.

"하고 싶은 게 뭐야? 네 가슴을 뛰게 하는 거."

"글쎄. 잘 모르겠어. 그냥 이렇게 혼자서 살지 뭐."

"혼자 살면 무슨 재미야. 여기저기 다니고 사람들도 만나라고. 친구가 생기면 좋잖아. 그나저나 등이 아프네."

"등이 아프다고?"

"고민을 상담해 주려면 곁에서 잘 들어야 해. 그래서 네 옆에 누웠지. 잡동사니가 등에 배기네."

소년이 화들짝 놀라 고개를 돌렸다.

"너 누울 수도 있어?"

"큭큭. 아니, 그저 네 옆에 있을 뿐이야."

소년은 은조가 곁에 있는 기분이 들었다. 다시 천장을 보며 소년이 말했다.

"은조, 넌? 넌 천 년 동안 뭘 가장 하고 싶었어?"

은조는 잠시 말이 없었다.

"부모님이 보고 싶지만, 이미 돌아가셨고. 친구들도 그렇고. 그 사람들이 내가 있는 차원에 오지 않고 편하게 세상을 떠나서 다행이었어. 음, 아무튼 난 말이지……."

소년이 고개를 끄덕였다. 은조가 말했다.

"초콜릿이 먹고 싶어."

"초콜릿?"

"응. 초콜릿 만드는 사람이 되고 싶었다고 했잖아. 그만큼 초콜릿을 좋아했지. 먹어는 봤나? 초콜릿."

소년은 잠시 생각에 빠졌다.

"초콜릿은 나도 알지. 지금도 어디선가 만들 거야. 직접 먹으려고 찾는 사람도 있을 테니까. 하지만 대부분은 신경 장치를 통해서 맛만 느껴."

"나도 요즘엔 못 봤어. 어차피 눈앞에 있어도 먹을 수 없으니 마음만 아프지."

"먹게 해 줄게."

"응?"

"초콜릿."

그날 이후 소년은 방 청소를 시작했고 바닥에 있던 잡동사니가 하나둘 사라졌다.

소년은 과학자를 양성하는 연구 재단에 들어갔다. 물리학을 배우는 사람 중에 소년이 가장 어렸다. 학생 대부분은 이

십 대의 모습이었지만 50살인 사람도, 100살을 넘긴 사람도 있었다. 첫 수업에 들어간 날 소년의 옆자리에 한 소녀가 앉았다. 소녀는 수업을 듣는 학생 중 소년과 유일하게 같은 나이였다. 긴 눈썹 아래 파란 눈동자가 호수처럼 깊었다.

'말 걸어 봐. 반갑다고 인사해.'

은조가 귓속 센서에서 말했다. 소년은 마지못해 소녀에게 알은체했다.

"안녕."

소녀는 별다른 말 없이 짧게 고개 숙여 인사했다. 딱히 할 말이 없어도 은조가 다른 사람에게 어떻게 다가갈지 일일이 알려 주었고, 소년 주위에 하나둘 친구가 늘었다. 어느새 소녀도 소년을 소중한 사람으로 여겼다. 소녀는 소년과 함께 지내기를 원했지만, 그럴 수 없었다. 소년은 밤에 잠들기 전 은조와 둘이서 이야기할 때를 어느 순간보다 좋아했다. 누군가는 단지 소수의 사람과 평생 가깝게 지낼 뿐이다. 소년의 마음이 다른 곳을 향해 있음을 느낀 소녀는 얼마 후 떠났다.

유전자를 제공한 사람을 닮아서인지 소년은 각지에서 모인 천재 중에서도 두각을 드러냈다. 소년은 재단에서 지원하는 연구소에 들어갔고 과학자가 되었다. 연구소의 대표인 박사는 소년에게 유전자를 준 사람이었다. 소년도 그 사실을 알았다. 윤리법에 따라 실험실에서 사용하는 복제 인간은 한 명으로 제한되었다. 과거 소년은 두 개의 복제품 중 유전적 완성도가 떨어져 실험용에서 배제되었다. 소년에게는 다행이었다. 만일 실험용으로 선택되었다면 연구소 캡슐 속에 죽기 전까지 갇혀 있어야 했기에. 소년이 박사와의 첫 면담을 위해 사무실을 찾았을 때 은조가 말했다.

'아버지야!'

소년은 못 들은 척하고 박사와 악수했다.

"정영원이라고 합니다."

"앉게."

박사는 깊은숨을 내쉬었다. 하얗게 변한 머리카락과 회색빛 수염이 그가 수백 년 이상 살았음을 알게 해 주었다. 염색체를 조정하고 장기를 교체해도 뇌의 노화는 막을 수 없었고, 언젠가는 누구나 죽어야 했다. 새로운 육체에서 삶을 계속하기 위해 박사는 정신을 이식하는 방법을 연구 중이었다. 그간 박사를 복제한 여러 생명이 연구실에 갇혀 세상을 떠났다. 박사가 의자에 등을 기대고 소년을 뚫어지게 바라보았다.

"그래. 내 유전자로 만들었던 아이군."

김문경

소년의 눈동자가 흔들렸다. 은조가 속삭였다.

'아버지라고 불러.'

소년이 용기를 냈다.

"아버지……라고 불러야 할까요……."

"아니. 딱히 자네를 기른 것도 아니고. 물론 내 자산의 일부를 사용할 권한을 주었긴 하지. 아무튼 자라는 데 어려움은 없었을 걸세. 여긴 연구소이니 그냥 박사님이라고 부르면 되네."

소년에게만 차갑던 면담이 끝났다. 박사에게 소년은 그저 연구를 위해 만들었던 개체 중 하나에 지나지 않았다. 은조는 소년의 마음에 쓸쓸함의 자리가 더 커졌음을 알았다.

그날 밤 방에 앉은 소년 곁에 강아지 로봇이 다가왔다. 은조가 부탁한 대로 앞다리가 붙었고 혓바닥도 생겨서 제법 핥는 동작도 할 수 있었다. 젤리 같은 혓바닥이 벽에 붙으면 떼느라 버둥거리고 길어진 혀를 늘어트린 채 돌아다니기도 했지만, 혀는 탄성 때문에 원래대로 돌아갔다. 은조가 강아지에게 말했다.

"물어! 쉭쉭!"

강아지는 소년의 손을 핥았다. 소년은 강아지를 몇 차례 쓰다듬다가 말했다.

"난 아이를 만들지 않을 거야."

소녀은 강아지의 전원을 끄고는 바닥에 누워 두 눈을 감았다. 소년이 느끼는 가슴속의 쓰라림이 은조가 있는 차원까지 전해졌다. 은조는 소년의 이마를 쓰다듬어 주고 싶었지만 그럴 수 없었다. 하지만 은조는 말했다.

"머리를 쓰다듬어 줄게."

"됐어. 내가 개냐. 할 수도 없잖아."

"마음으로 한다."

조용히 시간이 흘렀다. 소년은 머리를 쓰다듬는 듯한 느낌을 받았다. 점차 호흡이 깊어지고 소년은 어느새 잠이 들었다.

복제한 신체의 뇌에 정신을 이식하는 연구가 완성되기 전 소년의 아버지는 세상을 떠났다. 전류를 이용해 뇌에서 뇌로 정신을 이식하는 실험은 실패로 끝났다. 마지막 복제 인간의 뇌마저 태워 버린 박사는 절망했다. 침대 위에서 죽음을 기다리는 그의 곁에 소년이 서 있었다. 박사는 말라비틀어진 손으로 소년의 팔을 붙잡았다. 자신의 핏줄과 피부로 맞닿은 처음이자 마지막이 될 순간에 박사가 말했다.

김문경

"자네의 몸을 실험체로 줄 수 없겠나."

병실 안에 적막이 흘렀다. 소년의 귓속에서 은조가 소리 쳤다.

'이 인간이 미쳤나!'

박사는 이내 마음을 가라앉혔는지 소년의 팔을 놓았다.

"아니, 못 들은 걸로 하게."

소년이 말했다.

"아니요. 전 이미 들었습니다. 그리고 확실히 답해 드리죠. 그럴 수 없습니다."

박사가 마지막으로 웃었다.

"그렇지. 생명은 누구에게나 소중하겠지."

몇 분 뒤, 평생 인정하지 않았던 아들이 보는 앞에서 박사 의 심장 박동이 멈추었다. 영생을 꿈꾸던 한 인간의 죽음에 누구도 관심을 두지 않았다. 연구소를 비롯한 박사의 모든 재산은 박사의 유전자를 가진 인간 중 유일하게 살아 있는 소년에게 상속되었다.

소년은 이후 수백 년 동안 연구를 거듭했고 박사가 실패 한 결정적인 이유를 알아냈다. 정신은 유일하게 차원을 넘 어선다. 차원을 통해야만 정신은 다른 신체로 이식이 가능 했다. 다른 차원의 은조와 오랜 시간 함께하면서 깨달은 원리였다. 은조가 말했다.

"내가 여기서 느끼기엔 영혼 대화 장치 안에 있는 작은 쇳조각에서 에너지가 뻗어 나오는 거 같아."

장치 속에 있는 단극 자석이었다. 단극 자석이 양극으로 변할 때 자기장 흐름 중앙에서 발생하는 앨리스 링이라는 특이점이 해결책이었다. 소년은 양자 에너지로 만든 강력한 단극 자석으로 오랜 시간 지속하는 앨리스 링을 만들었고 그것은 차원을 잇는 통로가 되었다.

소년이 연구에 몰두한 긴 시간 동안 은조는 친구의 곁을 떠나지 않았다. 수백 년 동안 두 사람은 서로에게 유일한 존재였다. 어느덧 소년은 자기 아버지처럼 머지않아 자신에게도 죽음이 찾아올 것을 알았다. 아이를 만들지 않겠다던 다짐과는 달리 소년은 자신의 유전자로 세포를 배양해 새로운 신체를 만들었다. 사람들은 소년이 영생을 누리는 첫 번째 사람으로 기록될 것으로 믿었다. 캡슐 속에 잠든 신체는 10년에 걸쳐 성장했고 프로젝트를 함께하던 수석 연구원은 소년의 유전자로 복제한 몸을 확인하던 중 놀라움을 금치 못했다.

"이 개체는 여성이 아닙니까?"

김문경

다른 연구원이 말했다.

"새로운 삶은 다른 성으로 살고 싶은 호기심 때문 아닐까요."

연구원들은 외부에 그 사실을 밝히지 않았다.

하늘에 구름이 가득 낀 어느 날 소년은 연구원들과 함께 실험실에 모였다. 그리고 며칠 뒤 인류 최초로 정신 이식이 성공했다는 사실이 세상에 알려졌다. 사람들은 기쁨과 동시에 의문을 품었다. 연구를 진행했던 역사상 가장 위대한 과학자가 세상을 떠났다는 소식도 전해졌기 때문이었다. 그렇다면 정신을 이식한 사람은 누구인가. 사람들은 궁금해했지만, 실험체에 관한 모든 것은 비밀에 부쳐졌다.

시간이 자석처럼 은조를 끌어당겼다. 은조는 천 년의 기억이 겹겹이 붙어 있는 통로를 빠르게 거슬러 올랐고 친구들, 아빠와 엄마까지 만날 수 있었다. 통로 끝에 이르자 소년이 처음 만났던 모습 그대로 은조를 향해 손을 내밀고 있었다. 은조가 손을 뻗자 소년 뒤로 강렬한 빛이 쏟아졌고 눈을 질끈 감는 순간 은조는 침대 위에서 눈을 떴다.

하얀 방 안이었다. 한쪽 벽을 전부 채운 창 너머로 구름이

깔려 있고 하늘이 조금씩 빛을 내기 시작했다. 무언가 손을 핥았다. 강아지였다. 플라스틱이 아닌 하얀 털이 온몸에 가득했다. 문이 열리고 연구원이 들어왔다.

"정신이 들었군요!"

은조는 일어나려고 몸을 움직였다. 무거웠다. 연구원이 다가와 도왔다.

"캡슐에서 나오고 처음 움직이는 겁니다. 조심하세요."

은조는 침대에 걸터앉아 한쪽 손을 들고 움츠렸다 폈다. 건너편 거울에 여자아이의 모습이 비쳤다.

"박사님께서 열여섯 살의 몸을 주고 싶어 하셨지만, 시간이 없었습니다."

"영원이는 어디 있죠?"

"한 달 전에 돌아가셨습니다."

은조는 한동안 말없이 앉아 있었다. 연구원이 이야기했다.

"박사님의 유전자를 가진 유일한 사람이기에 이 건물을 포함한 모든 것이 당신의 소유입니다. 아, 그리고……."

연구원은 가운 주머니에서 무언가를 꺼내 내밀었다.

"이건 직접 전해 주라고 하셨습니다."

네모난 상자에 든 초콜릿이었다.

"너무 많이 먹으면 이가 썩을 거라고 하셨습니다."

김문경

상자에서 텁텁하고 진한 냄새가 풍겼다. 은조는 초콜릿을 받아 들고 천천히 일어나 창가로 걸어갔다. 중력 때문에 비틀거렸지만 쓰러지지 않았다. 강아지가 은조를 뒤따랐다. 구름을 뚫고 올라온 건물들 사이로 해가 떠올랐다. 햇빛이 피부에 닿았다. 따뜻했다. 은조는 영원과 함께 서 있는 기분이 들었다. 해가 높아지며 붉은빛이 점차 하얗게 바뀌었고 사방을 뒤덮은 구름 때문에 눈의 세계에 온 것 같았다. 은조는 초콜릿 하나를 꺼내 입에 넣었다.

스테고사우루스병

정교영

사포를 든 엄마가 내 등을 힘껏 밀었다. 몸이 앞으로 밀려 날 만큼 힘차게. 나는 힘을 줘 버티려 애쓰며 새로 산 수영복을 만지작거렸다. 처음으로 가져 본 수영복이었다. 목까지 올라온 래시가드 형태다. 포인트로 들어간 형광 연두색이 마음에 들지 않았지만 이런 디자인은 선택의 폭이 넓지 않았다. 나는 괜스레 양손으로 수영복을 쭉쭉 늘려 보았다.

"긴장되니?"

반사적으로 고개를 저었다. 사실은 심장이 쿵쾅거렸지만.

내 말을 믿지 못하겠는지 엄마가 사포질을 멈추고 내 상태를 살폈다. 나는 주의를 돌리려고 손을 뒤로 뻗어 등을 만져 보았다.

"많이 납작해졌네."

"평소보다 힘 좀 썼지."

엄마가 뿌듯한 기색으로 답했다. 나는 몸을 돌려 엄마와 마주 앉았다. 이제 보니 나보다 더 긴장한 모습이었다. 내가 다른 아이들과 똑같이 태어났다면 수영장 가는 일 따위로 긴장할 일도 없었을 텐데. 조금 우울해졌다. 그래도 엄마에게 티는 내지 않았다. 첫 수영장이라는 설렘만 기억하려고 노력했다.

"엄마, 너무 걱정하지 마. 내일 재미있게 놀다 올게."

우리는 손을 마주 잡고 서로 미소 지었다.

나는 등에 뿔이 자란다. 한 개도 아니고 네 개나.

심지어 원뿔 모양으로 자라고 나면 이따금 이상한 빛도 낸다. 뾰족한 뿔들이 어딘지 음산하게 느껴지는 푸르스름한 빛무리를 흘렸다.

나는 내 뿔을 스테고사우루스병이라고 이름 붙였다. 그리고 스테고사우루스를 제일 좋아하는 공룡으로 삼았다. 키링이며 필통, 티셔츠까지 스테고사우루스라면 뭐든 샀다. 정작 내 뿔은 숨겨야 하면서 소지품들엔 등줄기에 뿔 달린 공룡을 주렁주렁 데리고 다녔다. 스테고사우루스의 뿔 부분을 만지작거리면 기분이 나아지곤 했다. 먼 과거에 나와 닮은 공룡이 살았다고 생각하면 덜 외로웠다. 누가 알겠는가? 스테고사우루스의 뿔에서도 푸른빛이 나왔을지.

엄마는 주기적으로 내 뿔을 거친 사포로 갈아 주었다. 힘차게 문질러야 겨우 갈려 나간다. 자라나고, 갈려 나가고. 이 이상으로 특별하진 않다. 나를 아프게 하는 일도 없었다.

나는 그저 작은 가능성들만 걱정하면 되었다. 체육복을 갈아입다가 들킨다든지, 누군가가 내 등을 치다가 이상함을 느낀다든지. 그 외에도 문제가 생길 만한 행동은 아무것도 하지 않았다. 수영하기도 그중 하나였다.

하지만 올여름 동네에 수영 센터가 생긴 뒤로 친구들 사이에 수영이 유행하기 시작했다. 겨울까지만 버티면 잠잠해지겠지 생각하며 차일피일 약속을 미뤘는데, 겨울 방학을 하고 나서도 유행은 계속되었다. 날이 추워지자 수영장에 따뜻한 물이 채워져 춥다는 핑계도 먹히지 않았다. 결국 잡은 약속이 내일이다.

아무 일도 일어나지 않기를. 내일도 평범한 날이 되기를.

나는 스테고사우루스 키링을 쥐고 간절히 소원을 빌었다.

*

차가운 겨울바람이 얼굴을 때렸다. 근처로는 얼씬도 않던 수영 센터 앞을 서성이며 유리문에 비친 나를 바라보았다. 패딩을 껴입고 투명 비치백을 든 내 모습이 어색했다.

비치백 안에 수영복은 없었다. 아침에 샤워를 마치고 수영복을 미리 입어 둔 터였다.

"뭐야, 이소연. 일등으로 왔네? 오기 싫어하는 줄 알았는데."

유리문에 예은이가 비쳤다. 나는 얼른 몸을 움츠리며 뒤로 돌았다. 예은이는 친구에게 말을 걸며 등을 두드리는 버릇이 있었다.

"아냐. 나도 수영 센터 궁금했어."

"진작 같이 오지. 사람들이 하도 많이 써서 요즘은 새 건물 느낌도 잘 안 나."

예은이가 수영 센터 물건을 함부로 쓰는 사람들에 대해 푸념을 늘어놓는 동안 세진이가 헐레벌떡 뛰어왔다. 우리는 약속 시간에 늦은 지각생을 향해 음정이 제멋대로인 지각송을 불렀다. 평소처럼.

그사이 두근거리던 내 마음도 조금씩 차분해졌다.

나는 평범한 사람처럼 보였다. 샤워실에서 물을 끼얹었고 남몰래 등을 만져 봐도 티가 나지 않았다. 수영할 줄 모른다는 핑계로 거북이 등 판까지 메고 나자 긴장이 확 풀렸다. 그제야 수영장 풍경이 내 눈으로, 귀로 밀려 들어왔다. 말로만

정교영

들던 소독약 냄새. 물을 잔뜩 머금은 공기. 연하늘색 예쁜 타일. 웅성거리는 사람들의 목소리가 귀를 울렸다. 가슴이 다시 빠르게 뛰었다. 이번엔 설렘이었다.

수영은 생각보다 어렵지 않았다. 거북이 등을 메서 그런지 적당히 팔다리를 허우적거리면 앞으로 나아갈 수 있었다. 친구들은 술래잡기부터 바닥에 가라앉힌 로커 룸 열쇠 빨리 잡기까지, 수영장에서 할 수 있는 모든 놀이를 쉴 틈 없이 소개했다.

잠수 시합을 하느라 물속에서 마주 보며 키득거리던 때였다. 갑자기 서로가 보이지 않을 정도의 빛이 시야를 막았다. 나는 눈살을 찌푸리며 물 밖으로 머리를 빼냈다. 빛은 빠르게 번져 옆 레인으로, 그 옆으로 퍼져 갔다.

사람들이 혼란스러워할 때 나는 혼자 다른 이유로 당황했다. 내겐 너무 익숙한 푸르스름한 빛이었으니까.

곧이어 몸속에서 이상한 기운이 느껴졌다. 무언가가 내 뿔을 안쪽에서부터 두드리는 듯했다. 등이 사정없이 간지러워 거북이 등 안쪽으로 몰래 손을 넣어 보았다. 왈칵 겁이 났다. 뿔이 자라난 것이 느껴졌다. 허둥지둥 물에서 나와 탈의실 쪽으로 달려갔다. 이미 많은 사람이 같은 곳을 향해 뛰어가고 있었다.

"소연아, 같이 가!"

예은이와 세진이의 목소리를 뒤로한 채 나는 사람들 사이를 요리조리 빠져나가며 미끄러운 타일 위를 뛰었다. 탈의실에 들어와 로커 열쇠를 끼워 넣는데 결국은 수영복이 찢겨 버렸다. 나는 반사적으로 사람들의 시선을 좇아 두리번거렸다. 아무도 없었다.

그 많은 사람이 탈의실을 향해 뛰었는데 왜일까, 의문이 들었지만 내 뿔이 우선이었다. 몸을 슬쩍 틀어 전신 거울에 뿔을 비춰 보았다. 완전히 뾰족해진 뿔이 푸르스름한 빛을 내고 있었다. 시간이 없었다.

서둘러 옷을 갈아입고 패딩까지 걸쳐 등을 완전히 가리려는데 시선이 느껴졌다. 반대편으로 고개를 돌리니 탈의실 입구에 친구들이 서 있었다. 내 뿔이 전혀 보이지 않을 각도였는데도 경악에 찬 표정이었다. 설마, 설마.

나는 싸늘한 공기를 느끼며 슬그머니 뒤를 돌아보았다. 벽에 내가 미처 보지 못한 작은 거울이 걸려 있었다. 딱 내 등만 간신히 비쳐 보였을 만한 크기였다. 겁먹은 토끼처럼 눈을 동그랗게 뜬 내가 거울 안에서 나와 눈을 맞췄다.

"이건……."

거울 속 토끼가 떨리는 목소리로 입을 열었다.

정교영

이건…… 뭘까? 어떤 농담도 변명도 떠오르지 않았다. 나는 그저 도망치듯 반대편 문으로 달려 나갔다.

집까지 어떻게 달려왔는지 모르겠다. 쿠당탕 소리를 내며 현관문을 박차고 들어갔는데 엄마가 멍한 얼굴로 나를 돌아보았다. 놀랄 여유조차 없는 하얗게 질린 얼굴이었다.

엄마가 보고 있던 뉴스 화면이 내 눈에도 들어왔다. 이상한 금속 구체가 도시 상공에 떠 있었다. 화면 아래로 새빨간 바탕에 흰 글씨가 보였다.

— [속보] 전 세계 상공에 미확인 구체 출현.

이어서 휴대폰 재난 알림이 요란하게 울렸다. 즉시 실내로 대피하라는 문자였다.

이상한 일 두 가지가 동시에 일어났다. 혹시 이 두 가지 일이 서로 연관되어 있지는 않을까?

"나 오늘 수영장에서 이상한 일이 있었어."

엄마는 놀라지 않았다. 짐작했다는 듯이.

"이미 알고 있어?"

홀린 듯이 묻자 엄마는 체념한 사람처럼 천천히 고개를 끄덕였다. 슬로우 효과를 입힌 영화처럼 세상이 느리게 흘렀다.

"네 뿔이 갑자기 자랐겠지. —의 뿔이 근처에 있으면 다른 —의 뿔도 빠르게 자라. 소연아, 저들이 결국은 지구를 찾아 낸 거야."

엄마의 입에서 이상한 발음이 섞인 말이 흘러나왔다. —는 마치 피읖으로 시작하는 소음처럼 들렸다. 엄마가 이어 하는 모든 말이, 그 소음처럼 내 머리를 뒤죽박죽으로 만들어 놓았다.

엄마는 외계에서 왔다. 지금 상공에 떠 있는 구체에 탑승 한 외계 생명체와 같은 종족이다. 아빠는 아무것도 모른다 고 한다. 그러니까 나는, 지구인과 외계 생명체의 혼혈인 셈 이다.

저들의 뿔에는 서로의 손상된 뿔을 치유하는 능력이 있었 다. 그래서 우주선이 지구에 오자 억지로 갈아 낸 내 뿔이 순 식간에 돋아났던 것이다.

"엄마는 왜 뿔이 자라지 않았어?"

"난 원래부터 뿔이 없었어."

심장이 쿵쾅거렸다. 엄마에게 배신감이 들었다. 엄마에게 도 뿔이 있었다면 이렇게까지 화가 나진 않았을까? 아빠는 내 뿔을 없앨 방법은커녕 생겨난 이유조차 알아내지 못하자

정교영

나를 포기하고 엄마와 이혼했다. 이유라도 알았다면 아빠도 날 이해해 주지 않았을까?

"엄마 때문에 생긴 뿔인데 왜 모른 척했어?"

"모르는 편이 낫다고 생각했어. 믿어질 만한 이야기도 아니잖니."

"못 믿더라도 말해 줬어야지! 아빠한테도 얘기했어야지!"

엄마는 입술을 꾹 붙인 채 시선을 피했다. 나는 터질 듯한 심장 위로 손을 올렸다. 너무도 인간답게 쿵쿵거리고 있었다. 하지만 내가 인간이 아니라니.

"왜 나를 여기서 낳았어? 차라리 저 종족 사이에서 나고 자랐으면 훨씬 좋았을 거야. 평범하게, 행복하게 살았을 거라고!"

그사이 뉴스 화면에서 외계 생명체들이 모습을 드러냈다. 흘러나오는 기자의 목소리가 공포심으로 와들와들 떨렸다. 화면 속 그들은 인간과 똑 닮았다. 나처럼. 하지만 제각기 다른 곳에 뿔을 달고 있었다. 이마에. 두 어깨에. 그리고 나처럼 등에도.

나는 더 이상 바라보기 힘들어 내 방으로 뛰어 들어갔다. 침대 옆의 스테고사우루스 모양 자명종 시계가 눈에 들어왔다. 손을 뻗어 시계를 엎어 버렸다. 더 이상 스테고사우루스를 좋아할 수 없었다. 내가 누구인지는 모르겠지만 싫다는 점은 분명했다.

조금 진정이 된 다음부터는 다른 사람들이 생각났다. 제일 먼저 생각난 아빠에게는 메시지를 남길 용기가 나지 않았다. 엄마에게 왜 진작 말해 주지 않았냐며 쏘아붙였지만 나도 알았다. 뿔 때문에 나를 버린 아빠라면 외계인 딸은 더더욱 버렸을 거다.

다음으로는 세진이, 예은이와 함께 만든 단체 채팅방. 이젠 친구들도 뉴스를 다 봤을 테다. 나는 잠잠한 채팅방을 초조한 마음으로 바라보았다.

결국 누구에게도 연락할 용기가 나지 않아 하릴없이 인터넷을 돌아다니며 정보를 수집했다. 외계 생명체들은 그사이 번역기를 통해 각국의 언어로 자신들을 소개했다. 그저 우주여행을 하다가 놀러 왔을 뿐이며, 인간의 형태가 자신들과 유사해 반가웠고 친구가 되고 싶다는 내용이었다. 그들이 소개한 종족명을 알아듣는 사람은 없었다. 인터넷에서는 어느새 P라는 줄임말로 불리고 있었다.

시민들의 외출을 금지했던 재난 경보는 금세 해제되었다. 직접 P와 접촉했다는 사람들의 후기가 여기저기 올라왔다. 그들은 모두 P에게 깊은 감명을 받았다며 호의적인 감상을

정교영

내놓았다. 사람들은 후기를 보며 금세 P가 착한 종족이라고 믿기 시작했다. 믿음의 속도가 이상할 정도로 빠르게 느껴졌다. 어쩌면 세상 사람들은 내 생각보다 다름에 너그러운 걸지도 몰랐다.

나는 혹시나 하는 마음으로 채팅방에 다시 들어갔다. 잠잠한 채팅방을 뚫어져라 바라보는데 갑자기 말풍선이 올라왔다. 예은이였다.

— https://news… '퍼스트 콘택트 실현되다. P의 등장부터 첫 접촉까지의 타임라인.'

— 다들 이거 봤어?

읽지 않은 사람을 알려 주는 숫자가 순식간에 사라졌다. 나는 긴장된 마음으로 이런저런 대답을 쓰다 지웠다.

— 봤어.

— 나도 봤어.

내가 머뭇거리며 세진이를 따라 말하자 예은이의 말이 다시 올라왔다.

— 우리 만나서 얘기해. 다들 나올 수 있어? 여섯 시에 수영장 앞 벤치에서 만나. 가능?

적어도 내게 거부권은 없었다. 나는 패딩을 껴입었다. 패딩 안에 가방을 멘 사람처럼 우스워 보였다. 다른 옷을 입어도 소용이 없었다. 나는 가지고 있는 겉옷들로 부질없이 바꿔 보다가 지각하기 직전에야 포기하고 처음의 패딩을 입었다.

"친구들 보고 올 거야."

무뚝뚝한 내 말에 소파 앞에 앉아 있던 엄마가 말없이 고 개를 끄덕였다. 늦지 않게 와라, 조심해서 다니고, 휴대폰은 챙겼니, 엄마 전화 잊지 마라. 언제나 나갈 때 듣던 말들이 숨 멎을 만큼 고요한 거실을 지나 내 귀에 환청이 되어 울렸 다. 불쑥 눈물이 날 것 같아 고개를 모로 꼬며 집을 나섰다.

물이 빛나는 소동이 있었던 수영장은 불만 환하게 켜져 있을 뿐 누구도 드나들지 않았다. 우리는 패스트푸드점으로 자리를 옮겼다. 아무도 없는 2층에 올라가 구석에 자리를 잡 고 앉았다. 애들은 연신 내 등을 흘끔거렸지만 먼저 말을 꺼 내지는 않았다. 나는 눈치를 보며 말했다.

"너희끼리 미리 얘기해 둔 거 있으면 말해 줘. 받아들일 게."

예은이가 한숨을 푹 쉬었다.

"우리도 바로 집에 갔고, 우리끼리 얘기한 거 없어."

"네 등짝이 번쩍번쩍하는데 얼마나 놀랐던지. 덕분에 수 영 시간도 다 못 채우고 나왔잖아?"

정교영

세진이가 어깨를 으쓱이며 농담처럼 덧붙였다. 다음엔 입장료 네가 다 내라는 말까지 더하며 웃자 비로소 말할 용기가 났다.

"나도 내가 누군지 정말 몰랐어."

나는 엄마에게 들은 내용을 친구들에게 말했다. 내 말이 끝나자 우리 사이엔 한동안 정적이 흘렀다.

"뭐……. 사람이 외계인일 수도 있는 거겠지……."

세진이가 어색하게 중얼거리자 예은이가 물었다.

"그럼 넌 혼혈인 거야?"

"아니지, 종족이 섞인 거니까 하이브리드 아니야?"

어느새 친구들이 쓸데없는 주제로 진지한 토론을 하기 시작했다. 그 얼굴들을 바라보는데 어쩐지 눈물이 났다. 훌쩍이는 내 모습에 친구들이 당황했다.

"야 괜찮아, 너도 몰랐다며. 일부러 숨긴 것도 아닌데 뭐 어때."

"신경 쓰지 마. 뉴스 보니까 걔네들이 거리에 막 돌아다니고 같이 학교에 다니는 게 일상이 될지도 모른다던데. 그러면 이젠 네 뿔도 특이하지 않을 거야."

"너희는 내가 이상하지 않아?"

내 물음에 예은이가 답했다.

"넌 내가 알던 너 그대로잖아. 수영장에 왜 그렇게 안 가려고 했는지 이제는 이해가 가니까 예전보다 덜 이상한데?"

"난 솔직히 이상해."

세진이가 말했다.

"하지만 어쩌겠어? 이상한 친구가 생긴 거지 그냥."

예은이가 내 입에 감자튀김을 밀어 넣었다.

"네가 감자튀김 먹고 탈 나는 종족이 아니어서 다행이야. 이렇게 맛있는걸."

나는 입에 들어온 감자튀김을 씹었다. 눈물이 섞여 들어가 평소보다 더 짰다.

집에 들어가니 엄마는 내가 나왔을 때의 모습 그대로 앉아 있었다. 내 표정을 살피는 엄마가 불안해 보였다. 뿔을 들킬세라 힘껏 사포질했던 지난날들과 같은 얼굴이었다. 나는 엄마에게 다가가 말없이 안겼다. 손바닥에 엄마의 따뜻한 등이 만져졌다. 그 매끄러운 등을 쓸어내리다 문득 궁금해졌다. 엄마는 왜 다른 P들과 함께 우주여행을 하지 않았을까. 어쩌다가 혼자 지구에 오게 되었을까.

엄마에게 묻자 엄마는 한참을 묵묵히 마룻바닥만 바라보았다. 머뭇거리듯 입술이 꾹 다물렸다 들썩이길 반복했다.

정교영

하지만 이내 고개를 들어 나와 눈을 맞췄다.

그리고 들은 내용은 충격적이었다.

P의 뿔에서는 다른 종족의 생각을 조종할 수 있는 물질이 나온다. 푸른색 빛이 그 물질이었다.

P는 그 능력을 이용해 P가 살던 행성의 생물을 입맛대로 조종했다. 그러다 결국 생태계 균형이 망가져 P조차도 더 이상 살 수 없는 행성이 되었다. 이후 P들은 우주선을 타고 행성을 떠나 조종이 가능한 생물이 있는 다른 행성을 찾아다니며 살았다.

엄마는 우주선에서 태어난 세대였다. 뿔 없는 P는 적어도 그 우주선에서는 엄마가 처음이었다. 엄마가 태어날 당시에는 다른 행성에서 뺏어 온 물자들로 풍족한 환경이었다. 하지만 다음 행성을 찾지 못한 우주선은 점차 궁핍해졌다.

"나는 그때 버려졌어."

엄마는 잠시 말을 멈췄다가 짧게 말했다.

"쓸모가 없으니까."

애써 담담한 어조에 내 마음이 내려앉았다.

시작은 무능력한 자에게 돌아갈 자원을 줄이는 것이었다. 그렇게 쓸모에 따라 차등을 두던 끝에 그들은 정신 조종 능력이 없는 엄마를 방출해 입을 덜기로 했다.

엄마는 발신 기능이 망가진 작은 탐사선에 태워져 홀로 우주를 헤맸다. 알 수 없는 통로에 휘말렸다가 정신을 차리고 보니 우리 태양계였다. 다른 생명체를 감지했다는 탐사선 알림이 기절했던 엄마를 깨운 것이었다.

엄마는 탐사선 알림의 안내를 따라 지구에 도착했다. 뿔이 없어 인간과 다를 바 없는 신체이다 보니 평범하게 사는데 문제는 없었다. 딸인 내 등에 뿔이 나기 전까지.

이야기를 들으며 내내 생각했다. 버려진 채 좁은 탐사선 안에서 광활한 우주를 바라볼 때의 마음에 대해. 나로 인해 이혼하면서도 홀로 그 비밀을 가슴속에 품고 살았을 외로움에 대해.

마음이 울렁거려 입술을 꾹 깨물었다. 엄마의 기분을 나도 얼마간은 알았다. 별것 아니야, 약간 유난스러운 애가 될 뿐이야. 그렇게 위안해 왔지만 사실은 나도 아주 먼 기분을 느끼며 살았다. 조금 다른 점이 있을 뿐인데 크게 잘못한 마음으로 조심스레 지냈다.

"미안해, 엄마. P랑 살았으면 더 행복했을 거라고 한 거. 거기서 컸으면 정말 끔찍한 애가 되었을 거야. 나는 엄마랑

정교영

지구에서 엄마 딸로 살래. 그게 좋아."

그날은 엄마를 끌어안고 한참을 울었다. 엄마도 마찬가지였다.

엄마는 정말 인간처럼 울었다. 나도 그랬겠지만 말이다.

*

P가 지구에 온 지 한 달. 우리 집에서 P에 대한 이야기는 더 이상 나오지 않았다. 마치 금기어 같았다.

겨울 방학 중이라 내게는 큰 변화가 없었다. 학교에 갈 일이 없으니 내 뿔을 직접 본 건 여전히 세진이와 예은이뿐이었다. 엄마는 나를 위해 패딩과 가방에 구멍을 뚫어 가방을 멘 척 뿔을 숨길 수 있는 겉옷을 만들었다. 보면 알겠지만 진짜 웃기게 생긴 옷이었다. 그래도 나는 여전히 잘 지냈다.

나와 달리 세상은 변화하고 있었다. 그날 이후 급하게 만들어진 인류 연합의 대표자들과 P의 대표자들은 회담을 시작했고 날마다 뉴스에 회담 소식이 들려왔다. 연합이, 그리고 언론이 P에게 매우 호의적인 태도를 보였기 때문에 분위기는 늘 좋았다.

P가 중심이 되는 P-인간 연합을 만들 거라는 소식을 전하는 기자가 기분 좋은 미소를 지었다. 엄마의 이야기를 들었

던 날엔 멀게만 느껴졌던 말, 그러니까 P는 결국 지구를, 인류를 타깃으로 하고 있다는 말이 천천히 피부에 와닿았다. 하지만 부드럽게 스며드는 그들을 나 홀로 막기란 어려운 일이었다. 인터넷 게시물의 댓글에 P를 의심하는 말만 달아도 누군가가 대댓글을 달았다. 아무것도 모르는 어린애 취급부터 음모론자 취급까지 다양한 비난이 담겨 있었다.

대표자 외에도 P들은 자연스럽게 사람들과 접촉하기 시작했다. 우리 동네에도 주변에서 P를 봤다는 소문이 조금씩 돌자 엄마는 내게 절대 P의 눈에 띄지 말라고 당부했다.

"날 조종하려고 하면 나도 정신 조종으로 받아치면 되지 않아?"

"P끼리는 정신 조종이 통하지 않아."

엄마는 내 어깨를 단단히 붙잡고 말했다.

"내가 걱정하는 건 다른 문제야. 그들은 네가 P의 일원이 되길 바랄 거야. 함께하자고 꾀어낼 거야."

"엄마를 버린 종족이잖아. 난 절대 넘어가지 않아."

내 단호한 말에도 엄마는 무척 불안해했다. P와 마주칠까 봐, 그리고 그 과정에서 나를 빼앗길까 봐 두려운 것이다. 엄마는 티 내진 않아도 뉴스에 P가 보일 때마다 어깨를 가느다랗게 떨곤 했다. 엄마에게 P는 멀리서 바라보는 것, 무심

코 떠올리는 것만으로도 괴로운 존재였다. 결국 나는 엄마의 손을 꼭 잡고 P 근처에는 얼씬도 하지 않겠다고 약속했다. 내심으론 어차피 만날 가능성이 없다는 생각도 있었다. 우리 동네에 P가 돌아다닌다는 말들도 어차피 소문일 뿐이니까.

*

우리 셋에게 수영장 앞 패스트푸드점은 어느새 아지트가 되어 있었다. 약속을 잡으면 늘 2층 구석, 그때 그 자리에 모였다.

나와 세진이는 탁자에 턱을 괴고 앉아 무료하게 예은이를 기다렸다. 좀처럼 늦지 않는 편인데 의외의 지각이었다.

탕탕탕 계단 오르는 소리가 호쾌하게 울리고 예은이가 머쓱한 얼굴로 다가와 앉았다.

"최예은, 어쩐 일로 네가 지각을 다 하냐?"

"미안, 늦잠 자서 그래. 요즘 집이 너무 어수선해서 잠을 계속 설치거든."

예은이는 얼마 전부터 집에 낯선 사람들이 많이 찾아온다고 했다. 처음에는 부모님과 작은 소리로 대화를 나누다 돌아가는 정도였다. 무언가를 간곡히 설득하는 것처럼 보였다고 한다. 그러더니 언젠가부터 부모님과 함께 2층 큰 방의 물건을 조금씩 치우기 시작했다. 원래는 창고로 쓰던 공간이었다. 낡은 가구들이 뒷마당으로 옮겨지고, 예은이가 어린 시절 쓰던 일기장이며 때 탄 인형이 든 상자도 예은이 방으로 돌아왔다. 방이 텅 비자 서너 명의 사람들이 번갈아 가며 방에 침낭을 깔고 생활하기 시작했다.

"집에 모르는 사람들이 하루 종일 있으니까 너무 불편해."

"부모님께 말씀드리지 그랬어."

예은이는 입술을 삐죽이며 고개를 저었다.

"내 말은 듣지도 않으셔. 그 사람들 말이라면 꼼짝도 못 하면서."

세진이가 고개를 갸우뚱하며 물었다.

"원래는 그 사람들이 간곡해 보였다며."

"응, 근데 이제는 도리어 우리 부모님이 극진하게 대접한다니까? 너무 이상해."

"사기꾼들 같은데? 요즘은 사기도 여러 사람이 붙어서 친대. 집에 자리까지 잡은 걸 보면 장기적인 계획일 텐데, 위험한 거 아니야?"

세진이의 말에 예은이의 표정이 한층 더 심각해졌다.

"그 사람들 어떻게 쫓아내지?"

정교영

"사기 증거를 찾아서 경찰에 신고하면 어때?"

"그걸 우리가 어떻게 찾아?"

사기꾼을 내보내는 방법. 머리를 싸맨 세진이나 예은이와 달리 내게는 떠오르는 수단이 하나 있었다. 나의 뿔. 엄마는 뿔의 개수가 정신 조종 능력에 영향을 미친다고 했다. 그리고 뿔이 네 개나 되는 P는 이제껏 본 적이 없다고 했다. 우습게도 내 뿔은 내 유능함의 상징인 셈이었다.

"사실 나에게 한 가지 방법이 있어."

내가 운을 떼자 두 쌍의 눈동자가 나를 향했다. 나는 내 계획과 함께 나의 정신 조종 능력을 설명했다.

사람들을 내 멋대로 조종한다니. 상상만 해도 괴물 같아서 사용할 생각은 전혀 하지 않았다. 하지만 친구를 위해 딱 한 번쯤은 사용해도 되지 않을까 싶었다. 무엇보다도 내게는 내 능력을 고백할 계기가 필요했다. 도와주기 위해 사용한다면 조금은 덜 무섭게 받아들일 것 같았다.

얼마간 침묵이 흘렀다. 손가락을 꼼지락거리며 눈치를 살피는데, 계속해서 고개를 갸웃거리던 세진이가 갑자기 손뼉을 쳤다.

"아! 이제야 이해가 가네. 그때 수영장 샤워실에서!"

예은이가 눈을 크게 뜨며 고개를 끄덕였다.

"아, 그거? 그렇네?"

"수영장 샤워실? 무슨 일인데?"

내 물음에 세진이가 수영장에서 일어났던 이상한 현상을 설명했다. 뿔을 들켰다는 사실에 놀라 까먹고 있던 일이있다.

"그날 수영장에서 도망친 사람들이 전부 샤워실에 옹기종기 모여 있고 탈의실에는 들어가지 않더라고. 다들 왜 안 들어가나 싶었지. 생각해 보니 못 들어간 거였어. 우리 빼고. 그때 네가 무의식적으로 능력을 썼던 거 아닐까?"

나는 그때의 나를 돌이켜 보았다. 같이 가자는 친구들의 외침을 무시하고 헐레벌떡 탈의실로 뛰어 들어가던 때의 내 마음. 애써 용기 냈는데 그사이를 못 참고 사고를 친 내 지긋지긋한 뿔. 어쩌면 나는 친구들에게 내 비밀을 들켜 버리고 싶었던 걸지도 모른다.

"난 너희가 나를 받아들여 주길 바랐던 것 같아. 뿔 달린 나까지 친구로 생각해 줬으면 했나 봐."

직접 이야기하자니 부끄러워 목소리가 기어들어 갔다. 용케도 알아들었는지 세진이가 내 손등을 톡톡 쓰다듬듯 두드렸다. 그러더니 제 가방에 매달린 키링을 빼내 탁자에 올려놓았다. 자기처럼 자그마한 콤프소그나투스 키링이었다. 곧 그 옆에 예은이가 자신의 키링을 세웠다. 강한 공룡이 최고

정교영

라며 선택한 티라노사우루스. 언젠가 스테고사우루스 키링을 발견하고 좋아하던 나를 보고 친구들이 각자 하나씩 고른 것이었다.

홀린 듯이 손을 뒤로 더듬었다. 가방에 달린 스테고사우루스의 뿔이 손가락 끝에 닿았다. 관성처럼 매달고 다녔지만 내 정체를 안 뒤로는 거들떠도 보지 않던 키링이었다. 나는 스테고사우루스를 빼내 친구들의 곁에 놓았다. 공룡은 말없이 친구들 틈에 파고들었다.

예은이네 일은 내가 제안한 방법을 시도해 보기로 했다. 내친김에 바로 전화하니 예은이네 어머니는 반색하며 내일 아침 열 시에 놀러 오라고 했다.

"너무 아침 아니야? 엄마가 왜 시간까지 정해 줘."

예은이가 투덜거렸지만 어머니는 단호하게 늦지 말라고 할 뿐이었다.

다음 날 도착한 예은이네 집 현관에는 각양각색의 신발이 빼곡히 놓여 있었다. 생각보다 많은 숫자였다. 우리가 현관의 좁은 틈에 간신히 신발을 벗어 놓는 동안 예은이가 달려나왔다.

"왔어? 아까부터 사람들이 몰려와서는 그 방에 꾸역꾸역

들어갔어."

발을 동동 구르며 안절부절못하는 예은이의 모습을 보자 긴장이 되었다. 뒤이어 나타난 예은이 어머니를 본 뒤로는 더 혼란스러워졌다. 손님이 많아서 그린 걸까, 눈빛이 퀭하고 기운이 없어 보였다.

"늦지 않게 잘 왔구나? 너희도 같이 들으면 좋을 모임이 있어서 지금 오라고 했어."

어머니는 우리 인사를 받는 둥 마는 둥 하고 따라오라며 손짓했다. 우리는 어머니 뒤를 따라 2층으로 향했다. 2층 끝 방에서 나지막한 목소리가 흘러나오고 있었다. 문고리를 천천히 돌리고 조심스레 들어서는 어머니의 모습에 우리도 덩달아 숨죽여 방으로 들어섰다. 조도를 낮춰 어두운 공간에 사람들이 가득 모여 앉아 있었다. 제각기 무어라 중얼거리는데 알아들을 수 없는 소음 같았다. 방의 가장 안쪽에는 누군가가 사람들을 바라보며 홀로 서 있었다. 그 역시 무언가를 중얼거리며 앉아 있는 사람들을 하나하나 살폈다. 어머니는 사람들 사이를 가로질러 안쪽으로 들어갔지만 우리는 조명이 채 닿지 않는 뒤쪽 벽면에 어색하게 붙어 섰다. 이상한 분위기였다.

"이 큰 방을 꽉 채웠네. 열 명 넘게 있어."

정교영

세진이가 소곤거렸다.

"나 좀 무서워. 엄마, 아빠도 아까부터 이상했어."

예은이가 떨리는 목소리로 작게 답했다. 우리는 예은이의 손을 양쪽에서 꼭 잡아 주었다.

그때, 앞에 서 있던 사람이 번쩍 팔을 들더니 멈추라는 듯 양 손바닥을 내밀었다. 그러자 방 안이 단숨에 조용해졌다. 모두 입을 꾹 다물고는 그 사람만을 바라보았다. 이윽고 그는 손바닥을 뒤집어 우아한 몸짓으로 손등을 내보였다. 나는 터져 나오는 놀란 소리를 막으려 양손으로 입을 꾹 막았다. 손등에 뿔이 있었다. P였다.

P가 빛을 터뜨린다. 푸른빛이 방 안에 퍼져 나간다. 내게는 음산하고 불길하게만 느껴지는데 사람들은 황홀경에 젖은 눈으로 그 빛을 바라보았다. P가 무어라 빠른 말씨로 소음을 뱉었다. 사람들은 양손을 번쩍 들며 그 소음을 따라 했다. 뒤통수를 탁 치듯 깨달음이 찾아왔다. 이 방에서 들은 소음은 모두 P의 언어였다.

뭐라도 해야 한다는 생각이 들었지만 P의 눈앞에서 힘을 써야 한다니 망설여졌다. 엄마의 겁에 질린 얼굴이 마음에 걸리기도 했다.

"＿＿＿＿＿＿＿＿"

어느새 옆에 선 친구들까지 P의 언어를 따라 하기 시작했다. 굴곡진 내 등줄기를 따라 소름이 스쳐 지나간다. 정신이 번쩍 들었다. 내가 할 수 있는 일을 해야만 했다. 하지만 자각하지 못할 땐 제멋대로 쓰이던 능력이 의식해서 쓰려 하자 꽉 막힌 듯 의지대로 움직여 주지 않았다.

나는 양 주먹을 꽉 쥐었다. 눈빛이 퀭하던 예은이네 어머니의 얼굴이 마음속에 떠올랐다. 그 얼굴은 이름 모를 사람들의 얼굴로 변해 가고 마침내 예은이의, 세진이의 얼굴이 되었다. 자신을 잃어버린 멍한 얼굴들. 그 얼굴들을 떠올리며 이를 악물었다. 온 정신을 뿔에 집중하자 뿔의 안쪽에서 울림이 느껴졌다. 그 울림이 서서히 또렷해진다. 나는 두 손을 심장 위에 올렸다. 뿔의 울림과 내 심장 박동이 불협화음에서 하모니로 서서히 맞춰져 갔다. 마침내 내 뿔이 내 몸처럼 느껴졌을 때, 비로소 나는 뿔의 사용법을 인식할 수 있었다.

이윽고 등에 멘 가방의 틈을 비집고 푸른빛이 새어 나오는 것이 느껴졌다. 빛은 벽을 타고 앞으로 나아갔다. 방바닥과 천장을 감싸며 영원히 꺼지지 못할 불처럼 시리게 타올랐다. 나는 내 빛이 P의 것보다 강해질 수 있게 온 정신을 집중했다. 거멓게 죽은 눈으로 팔을 들고 있던 사람들이 서서

정교영

히 손을 내리며 눈동자 속 빛을 찾았다.

P가 당황하며 주변을 살피더니 이내 나를 찾아냈다. 나를 본 P가 눈을 크게 뜬다. 나는 그 시선을 맞받아쳤다. 그 순간만큼은 무엇도 피할 생각이 들지 않았다. 그와 나의 푸른빛이 모두 꺼진다. 정신을 차린 사람들이 어수선히 움직였다. 네가 날 여기에 데려왔으니 네 탓이라는 둥, 서로 싸우는 소리가 들렸다. 몇몇 사람이 앞으로 나가 P를 붙들고 흔들어 댔다. 그 아수라장 속에서도 그는 나를 보았고 나는 시선을 피하지 않았다.

"소연아, 일단 나가자."

친구들이 나를 데리고 방 밖으로 나왔다. 심장이 세차게 뛰고 있었다. 내가 겁도 없이 P를 노려봤단 사실을 뒤늦게 깨달았다.

예은이의 부모님은 P도, 사람들도 쫓아내 얼씬도 하지 못하게 했다. 집에 돌아와서는 엄마에게 있었던 일을 말했다. P와 대면한 일을 두고 화를 낼 것 같았지만 엄마는 한동안 침묵하다 그저 잘했다는 말만 남기고 내 어깨를 두드려 주었다. 그래도 최대한 마주치지 않겠다는 약속도 다시 한번 해야 했다.

그날 이후 며칠간은 집 밖에 나가지 않았다. 나와 오래도록 눈을 맞췄던 P가 언제라도 나를 찾아올 것만 같았다.

하지만 시간이 지나도 그런 일은 없었다. 하긴 어두운 곳에서 잠시 본 것만으로 내가 사는 곳까지 알아낼 수는 없으니까. 그렇게 생각하자 마음이 편해졌다.

세진이는 인터넷 여기저기에 P가 사람들을 조종하는 집회를 남몰래 연다는 게시글을 올렸다. 어떻게 알았는지 언제나 득달같이 악플이 달릴 뿐 아니라 게시글 삭제, 신고, 강퇴까지 갖은 수모가 따르곤 했다. 우리는 세진이에게 욕설 댓글을 다는 사람들이 정해져 있다는 점을 발견했다. 아이디를 검색해 보니 그들은 'P가 지구를 구원한다'라는 카페를 만들어 집회 장소를 공유하고 있었다.

세진이는 집회를 막고 싶다고 했다. P에게 조종당해 자아를 잃었던 기억이 무척 끔찍하다며 몸서리쳤다. 나라고 가만히 있고 싶은 것은 아니었다. 친구들이 P의 언어를 뱉었을 때, 내가 제대로 해내지 못하면 그 애들이 영영 되돌아오지 못할까 두려웠다. 세진이처럼, 예은이처럼, 모두 누군가의 소중한 사람일 터였다.

우리는 근처에서 열리는 집회라도 최대한 찾아다니기로 했다. 엄마와의 약속도 있으니 가능한 한 P와 마주치지 않고 해결할 방법을 연구했다. 친구들은 진지한 와중에도 종종 철부지들처럼 들뜬 얼굴을 했다. 꽤 스릴 넘치는 모험 아니냐는 예은이의 말에 나도 조금쯤은 긴장을 풀었다.

*

"여기 맞나?"

세진이가 휴대폰을 보고 주변을 두리번거리며 위치를 가늠했다. 'P가 지구를 구원한다' 카페에 몰래 가입해 찾아낸 장소였다.

예은이는 성큼성큼 계단을 내려가 지하에 자리한 철문에 가만히 귀를 대었다. 이윽고 고개를 끄덕이며 우리에게 내려오라는 손짓을 했다.

"어, 빛 나온다."

세진이가 문틈 사이를 손가락으로 가리켰다. 푸르스름한 빛이 일렁이고 있었다. 나는 계단을 빠르게 내려가 문에 등을 대고 쪼그려 앉았다. 최근 찾은 최적의 자세였다. 좀 우스꽝스럽긴 하지만 이렇게 하면 안에 들어가지 않아도 빛이 문틈을 타고 흘러들게 할 수 있었다.

"언제 봐도 예쁘단 말이야."

건물 벽을 타고 번지는 내 빛을 보며 세진이가 말했다.

"조용히 좀 있어 봐. 가만, 가만⋯⋯."

인상을 잔뜩 쓰고 문 너머의 소리에 집중하던 예은이 내 어깨를 톡톡 쳤다. 이제 도망가자는 신호였다. 안쪽에서 "뭐야?", "여긴 어디지?" 같은 말이 섞여 나오며 수란이 일었다. 철문에 무언가가 쿵 부딪히는 소리가 났다. 짧고 높은 P의 소음이 들렸다. 정신이 돌아온 사람들이 P를 붙잡아 밀친 것 같았다.

"뛰어!"

우리는 계단을 우당탕 뛰어 올라갔다. 따뜻한 햇빛이 터져 나오는 지상을 향해 달렸다. 앞서 뛰어가는 두 사람의 가방이 눈에 들어왔다. 공룡 키링이 달랑거리고 있었다.

이딴 집회, 몇 번이고 시도해 보라지. 이 지구에는 미처 멸종하지 못한 스테고사우루스가 있고, 그에게는 든든한 뿔 네 개와 티라노사우루스, 콤프소그나투스 친구들이 있으니까. 나는 마음속으로 중얼거렸다.

정교영 이 세상 어딘가에서 살아가고 있을 누군가에게. 갈아도 갈아도 기어코 다시 자라나는 숨겨진 뿔들을 가진 이에게. 당신의 약점이 끝내 당신의 힘이 되기를. 그렇지 않더라도 당신이 늘 당신이기를. 우리가 서로의 가장 연약한 뿔들을 힘껏 끌어안기를.

영의 자리

이새벽

내가 쉽게 잠들지 못하는 밤이면 도아 언니는 내 머리를 부드럽게 쓰다듬어 주곤 했다. 머리카락을 파고들며 간지럽히는 손길을 느끼다 보면 천천히 졸음이 밀려들었다. 잠결에 나는 언니가 언제까지나 내 언니이길 바랐다. 그것이 지나친 욕심은 아니었다고 생각한다. 내가 태어나던 때부터 나를 지켜보고 쭉 나와 함께한 언니였으니까. 하지만 어른들에게는 그렇지 않은 모양이었다. 나는 언니를 빼앗겼다. 그게 규칙이랬다.

내가 태어날 즈음 아동 돌봄 안드로이드 지원 정책이 시행되었다. 0세부터 14세까지의 아이가 있는 가정에 돌봄 안드로이드를 무상으로 지원하는 정책이었다. 저출생 대책 중 하나로 양육자의 부담을 줄이고 아이의 안전한 일상을 보장하는 걸 목표로 했다. 지원되는 안드로이드는 가정에 자연스레 녹아들 수 있도록 형제처럼 작동하게 고안되었다.

언니는 내가 태어나던 순간부터 나와 함께였다. 아이가 태어나고 곧바로 안드로이드가 양육자를 도울 수 있게 출산 예정일부터 지원이 시작되기 때문이었다. 그 이야기를 들으며 나는 분만실 바깥에서 내가 태어나기를 함께 기다렸을 아빠와 언니의 모습을 상상하곤 했다. 아빠는 불안하고 초조했겠지. 그런 아빠의 옆에서 언니는 멀뚱히 앉아 간혹 격려의 말을 건네거나 하지 않았을까. 아빠는 자신과 엄마의 외모가 적절히 섞인 얼굴을 한 언니를 어떻게 대하면 좋을지 몰라 무척 어색해하며 더듬더듬 대답했을 것이다. 그 장면을 상상하면 웃기고 귀여워서 피식피식 웃음이 새어 나왔다.

나는 어렸을 적부터 언니를 잘 따랐다. 언니가 근처에 없으면 금세 울음을 터뜨렸고, 세상이 떠나가라 울다가도 언니가 안아 주면 언제 그랬냐는 듯이 뚝 그쳤다고. 어렸을 때의 기억을 떠올리면 풍경의 한편에는 늘 나를 향해 미소 짓는 언니가 있다. 부모님은 그런 나를 걱정스러운 표정으로 바라보았고 좀 자라서는 알 수 없는 이야기를 했다. 언니는 사람이 아니라 안드로이드라고. 내가 이해할 수 없었던 건 언니가 안드로이드라는 사실이 아니라 나도 이미 아는 이야기를 하는 이유였다.

이 새 벽

열네 살 생일이 되던 날, 나는 그 말의 의미를 깨달았다. 그 전까지 언니가 떠나야 한다는 걸 몰랐다는 게 아니다. '알다'와 '깨닫다'의 차이를 비로소 깨닫게 되었다. 그리고 또 깨달은 것이 있었다. 나는 언니를 보낼 준비가 전혀 되어 있지 않았다.

생일 케이크를 앞에 두고 나는 엉엉 울었다. 언니를 부둥켜안고 가지 말라고 떼를 썼다. 돈도 없는 주제에 언니를 사 버리겠다는 억지도 부렸다. 언니는 내 얼굴을 잡고 자기 얼굴을 보게 했다. 미간을 좁히고 입을 앙다무는 특유의 엄한 표정을 짓고 있었다. 내가 어렸을 적부터 떼를 쓰거나 억지를 부리곤 할 때마다 내 어깨를 가볍고 쥐고 보이던 그 표정이었다. 부드럽지만 단호하게 나를 혼내는 언니만의 방식이었다.

그날 밤, 언니는 내가 쉽게 잠들지 못하던 다른 밤들처럼 오래오래 내 머리를 쓰다듬어 주었다. 잠들지 않으려고 버텼지만 나도 모르게 눈이 감겼고, 정신을 차렸을 때는 이미 언니가 떠난 뒤였다. 잠결에 들은, 잘 지내라는 언니의 마지막 말을 나는 오래도록 곱씹었다.

그로부터 3년이 지난 지금, 나는 언니를 만나러 가고 있다.

*

굵은 눈발이 사선으로 떨어지며 풍경에 하얀 빗금을 그었다. 실버타운으로 향하는 길을 따라 늘어선 가로수들은 거센 바람을 맞으며 앙상한 가지를 흔들어 댔다. 하루에 두 번, 전철역과 실버타운을 왕복하는 셔틀은 기상 악화를 이유로 운행이 중지된 상태였다. 실버타운까지 걸어서 30분 정도 걸린다고 했지만, 이런 날씨라면 한 시간은 족히 걸릴 것 같았다.

목도리를 졸라맸다. 패딩 지퍼를 올렸다. 여기까지 온 마당에 이깟 눈 때문에 그냥 돌아갈 수는 없었다. 장갑 깊숙이 손을 집어넣은 뒤에 문을 밀었다. 거센 바람 탓에 문은 아주 무겁게 열렸다. 역사 밖으로 나오자 곧바로 눈보라가 얼굴을 때리기 시작했다. 공기가 예상보다 더 차가웠다. 순간 아찔할 정도였다. 나는 정신을 차리기 위해 주먹을 움켜쥐고 걸음을 옮겼다.

언니를 떠나보내고 나는 오랫동안 일상으로 돌아가지 못했다. 처음 일주일간은 아예 방에서 나오지도 않았다. 전등을 끄고 커튼을 쳐 어두운 방에 그냥 누워 있었다. 시간이 어떻게 가는지도 몰랐다. 엄마나 아빠가 방문을 두드리며 중얼거리는 소리를 듣고 아침이나 저녁이라는 정도만 알았다.

일주일째 되던 날, 아빠는 나를 억지로 밖으로 끌어냈다. 나는 순순히 끌려 나갔고, 다시 학교에 다녔다. 애들은 내게 무슨 일이 있었는지 다 알고 있었다. 당연했다. 그 애들도 겪었거나 곧 겪을 일이었으니까. 절반은 나를 이해했고 절반은 나를 이해하지 못했다. 고작 안드로이드 하나 사라진 일로 유별이라고 말하는 애들만큼이나 나를 이해한다며 위로를 건네는 애들이 미웠다. 그저 나를 좀 내버려두었으면 하고 바랐다. 이윽고 나는 방법을 찾아냈다. 두 귀에 이어폰을 꽂은 채 공부를 하고 있으면 아무도 나를 건드리지 않았다. 우습게도 성적이 올랐다. 그리고 나는 겉도는 애가 되어 있었다.

어느 날 엄마는 내가 이러는 건 도아도 바라지 않을 거라고 말했다. 언니가 뭘 바란단 말이야? 이미 사라지고 없는데. 내 원망 섞인 대꾸에 엄마는 고개를 저었다.

"사라지지 않았어. 도아에게는 다른 역할이 생겼을 뿐이야."

아동 돌봄 지원 안드로이드는 한 아동에 대한 지원이 끝난 후 수거되어 곧바로 폐기되는 것이 아니었다. 기능 점검과 초기화, 소프트웨어 교체를 거쳐 새로운 쓰임을 부여받았다.

그걸 알면서 여태껏 나한테 감추고 있었다니. 어떻게 그럴 수 있냐고 소리쳤다. 어떻게? 어떻게 그럴 수 있어?

"겉모습만 같을 뿐이야."

아빠가 끼어들어 말했다. 초기화란 그런 것을 의미한다고, 모습만 같을 뿐이지 우리와 함께였던 기억은 없다고. 다른 존재가 되어 버린 거라고.

안드로이드에 관한 법률에 따르면 공무를 수행 중인 안드로이드는 요청이 있을 시 그 역할과 소재가 투명하게 공개되어야 했다. 그 사실을 알고 나는 곧바로 행정 정보 공개 청구를 통해 언니를 찾아냈다. 엄마의 주민 등록 번호로 로그인하고 언니의 고유 번호만 써넣으면 되는 간단한 일이었다. 도아 언니는 도시 외곽에 있는 한 실버타운에서 노인을 돌보고 있었다.

언니가 있는 곳을 알게 된 순간 새까만 어둠 속 저 멀리서 반짝이는 한 점의 빛을 발견한 기분이었다. 희뿌연 눈보라 너머 희미하게 보이는 실버타운의 불 켜진 간판을 발견한 지금처럼.

*

"이 날씨를 뚫고 오다니, 완전 효녀네요."

이 새벽

실버타운의 경비원이 말했다. 가족을 만나러 왔다는 내 말을 할머니나 할아버지를 보러 왔다는 뜻으로 오해한 듯했다. 그제야 내가 언니를 만나겠다는 생각만으로 아무런 대책도 없이 찾아왔다는 사실을 깨달았다. 나는 그가 내 쪽으로 쬐여 준 난로의 붉은빛을 바라보며 대답을 망설였다. 그게 아니라고, 내가 만나려는 건 사람이 아니라 안드로이드라고 사실대로 말하면 그대로 쫓겨날지도 모른다는 생각이 들었다.

"조부모님 성함이 어떻게 돼요?"

그가 서랍에서 출입증이 달린 목걸이 하나를 꺼내며 다시 물어 왔다. 나는 경비실 내부를 둘러보았다. 당장 상황을 모면하고 실버타운 안으로 들어갈 수 있는 이름 하나면 되는데…….

사실대로 말하는 수밖에 다른 방법은 없다는 것을 처음부터 알고 있었다.

"저는 우리 언니를 만나러 여기 온 거예요."

"언니가 여기에 있다고요?"

"네, 우리 언니는 도아라는 이름의 안드로이드예요."

"무슨 말인지…… 이해가 잘 안 되는데요."

나는 그에게 지금까지 있었던 일을 이야기했다.

언니가 어떻게 내 언니가 되었는지, 우리가 어떤 자매였는지, 내가 언니를 어떻게 빼앗겼는지, 마지막으로 어떤 마음으로 여기까지 오게 되었는지. 그는 차분히 내 말을 들어 주었고 마침내 이야기가 끝났을 때는 천천히 고개를 끄덕였다.

"그렇지만 면회는 가족만 가능해요."

그가 곤란하다는 표정을 지으며 말했다. 심장이 덜컥 내려앉는 기분이었다. 나는 애원하듯 말했다.

"다른 방법이 없을까요? 아니면 연락해서 언니만 불러 주셔도 좋아요. 잠깐 나오는 일 정도는 괜찮지 않나요?"

"글쎄요. 원칙적으로는……."

그는 그렇게 말하며 머리를 긁적였다.

"그래도 이 날씨에 여기까지 온 사람을 그냥 보낼 순 없으니까, 물어는 볼게요. 그 안드로이드 고유 번호가 어떻게 돼요?"

"감사합니다! BH13232예요."

"어디 보자."

그가 중얼거리며 태블릿에다 언니의 고유 번호를 입력했다. 나는 그의 얼굴을 초조한 마음으로 살폈다. 곧 그가 입을 열었다.

"아, 찾았다. 김미영 선생님을 담당하고 있네요."

이 새 벽

이어서 그가 어딘가로 전화를 걸었다.

"선생님, 관리소입니다. 예, 다름이 아니라 여기 학생이 한 명 와 있거든요. 아, 아니에요. 선생님을 뵈러 온 건 아니고요. 이것 참, 뭐라고 말해야 하나. 선생님 담당 안드로이드 있잖아요. 그 친구를 만나러 왔다고 하네요. 전화 바꿔 달라고요?"

그가 나를 보았다. 내가 고개를 끄덕거리자 나를 향해 스마트폰을 내밀었다. 나는 다소간 긴장한 채로 뻣뻣하게 전화를 받았다.

"안녕하세요."

"그래요, 우리 은서를 만나러 왔다고요?"

전화기 너머에서 할머니가 말했다. 은서라고? 나는 잠시 어안이 벙벙했다. 전화를 잘못 건 것이 아닐까, 생각하다가 곧 깨달았다. 은서. 도아 언니의 새 이름이구나. 마음 한 귀퉁이가 바스러지는 기분이었다. 그러나 이 정도는 각오한 일이었다. 나는 얼른 대답했다.

"네, 맞아요. 우리 언니거든요."

*

"꼭 가야겠니? 걔는 널 기억도 못 할 텐데."

아빠가 물었다.

"내가 아빠를 기억 못 하게 되면, 나는 아빠 딸이 아니야?"

그렇게 말하면 아빠가 좀 상처받을 줄 알았다. 착각이었다. 아빠는 고개를 젓더니 이렇게 대답했다.

"그건 다른 문제야. 도아는 안드로이드잖아."

그게 도대체 어떻게 다른 문제가 된다는 건지, 언니가 안드로이드인 게 무슨 상관인지 나는 이해할 수 없었다. 아빠는 잠깐 망설이더니 결국에는 덧붙였다.

"아빠는 네가 겨우 안드로이드 때문에 상처받길 원하지 않는다."

그 끔찍한 말을.

*

사연을 들은 김미영 할머니는 흔쾌히 나를 초대해 주었다. 할머니의 방으로 들어설 때부터 나는 언니의 존재를 느꼈다. 물 자국 없이 말끔하게 닦인 신발장 위, 실내용 슬리퍼를 벽 한쪽으로 가지런히 모아 둔 모양, 눈이나 비가 내릴 때면 갑작스러운 외출에도 자연스럽게 들고 나갈 수 있도록 미리 꺼내 둔 우산까지, 모두 언니의 방식이었다. 경비원이 먼저 실내로 들어가고 나는 뒤따랐다.

이 새 벽

김미영 할머니는 거실에 있었다. 거실 중앙에 놓인 티 테이블 앞에 앉아 있었는데 휠체어를 탄 모습이었다. 붉은색 뿔테 안경을 썼고 마찬가지로 붉은색 카디건을 입고 있었다. 허벅지를 덮은 담요는 초록색이라 꼭 크리스마스 같은 분위기를 풍겼다. 경비원이 할머니를 향해 인사했고 할머니는 손을 들어 답했다. 이어서 내 쪽을 바라보았다. 나는 꾸벅 인사했다.

"어서 와요. 반가워요. 김미영이라고 해요."

"안녕하세요. 도아…… 은서 언니 동생 이수아입니다."

나는 실례인 줄 알면서도 주위를 두리번거렸다. 내 시선을 눈치챈 할머니가 말했다.

"은서는 손님이 온다는 말을 듣고 차랑 과자를 가지러 잠시 프런트에 내려갔어요. 내가 과자를 안 먹어서 여기 두지를 않거든요. 이쪽으로 와서 앉아요."

할머니가 맞은편 소파를 가리켰다.

"그럼 저는 이만 가 보겠습니다."

경비원의 말이었다.

"아, 바쁘실 텐데 고마워요. 미안하지만 부탁 하나만 더 합시다. 수아 학생은 제 손녀인 것으로 해 주겠어요?"

"걱정하지 마세요. 은서 동생이면 당연히 선생님 손녀죠."

그는 그렇게 너스레를 놓고는 떠났다.

나는 할머니의 맞은편에 앉았다. 할머니는 잠시 아무 말도 하지 않고 나를 바라보기만 했다. 나는 어색하게 웃으며 언제쯤 언니가 돌아올까 가늠해 보았다. 드디어 만날 수 있다는 생각이 들자 가슴이 쿵쿵 뛰었다. 허벅지 위에 올려 둔 손에서 땀이 배어나는 것이 느껴졌다. 곧 할머니가 말했다.

"정말 닮았어. 은서랑 정말 닮았어요."

"언니의 얼굴은 부모님의 얼굴을 본떠서 만들었거든요."

"아, 뭔지 알아요. 예전에 그런 게 유행했죠. 사진을 넣으면 2세의 얼굴을 예측해 보여 주는 애플리케이션이 있었어요. 그땐 그냥 다 장난이었는데."

할머니는 잠시 추억을 되짚는 듯한 표정으로 먼 곳을 바라보았다. 언제부턴가 나는 점점 언니를 닮아 갔다. 언니는 겉으로는 열일곱 살 정도로 보였는데, 열일곱 살이 된 지금의 나를 미리 보고 만든 게 아닐까 의심스러울 정도였다. 한동안 거울에 비친 내 모습에서 언니의 모습을 발견할 때마다 조금 놀라곤 했다. 나는 언니와 똑 닮은 외모가 우리가 자매임을 보여 주는 명백한 증거인 것 같아서 좋았다.

"이야기를 듣고 꼭 만나 봐야겠다고 생각했어요. 궁금해지더라고요. 은서에게 동생이 있었다니. 어떤 아이일까, 하고."

　　　　　이 새 벽

할머니가 말했다.

제멋대로에 이기적인 아이죠. 언니와는 달리. 나는 속으로만 생각했다. 화제를 바꾸기 위해 이번엔 내가 물었다.

"언니는 여기서 어떤 일을 하나요?"

"여러 일을 하지만 가장 많이 하는 건 잔소리예요. 잠시라도 햇볕을 쬐어야 합니다, 스트레칭을 할 시간입니다, 차는 하루에 두 잔만 마시길 권합니다."

할머니가 언니의 말투를 흉내 내었다. 나와 생활할 때도 언니는 타고난 잔소리꾼이었다. 콜라를 너무 많이 마시는 거 아니야? 오늘 너무 안 움직였는데 함께 산책하고 올까? 이제 잘 시간이야 등등. 할머니와 나는 서로에게 공감하며 웃음을 터뜨렸다.

그때 현관문이 열렸다 닫히는 소리가 들렸다. 사뿐한 발걸음 소리가 조금씩 가까워졌다. 심장이 더 크게 뛰기 시작했다. 너무 긴장하면 몸이 굳는다는 말을 믿지 않았는데, 지금 내가 그랬다. 1초라도 빨리 다시 언니를 보고 싶었으나 몸을 돌려 그쪽을 바라보는 일이 무척 어려웠다. 나는 아주 천천히 고개를 돌렸다.

쟁반을 받쳐 들고 걸어오는 언니의 모습이 보였다. 허리와 목을 꼿꼿하게 세운 채 정면을 바라보며 나를 향해 다가

왔다. 언니는 전혀 변한 게 없어 보였다. 턱 끝까지 떨어지는 단발머리, 가지런한 눈썹, 언제나 살짝 올라가 있는 입꼬리. 내 기억 속의 모습 그대로였다.

그때 언니의 눈동자가 움직여 나를 바라보았다. 찰나의 순간 우리의 시선이 마주쳤다. 그러나 언니는 아무런 반응도 보이지 않았다. 예전처럼 나를 보고 웃어 주지 않았고 내이름을 불러 주지 않았다. 마치…… 길을 걷다 우연히 눈이 마주쳤을 뿐인 것처럼 언니는 자연스럽게 정면으로 시선을 되돌렸다. 숨이 멎을 것 같았다. 나는 다시 한번 마음이 바스러지는 기분을 느껴야 했다.

"안녕하세요."

테이블 앞에 도착해서야 언니는 내게 인사를 건넸다. 처음 만나는 사람에게 하듯이. 그리고 허리를 숙여 찻잔과 쿠키를 놓았다. 찻잔에서 김이 피어올랐다. 향긋한 얼그레이의 향이 코끝에서 아른거렸다.

"은서야."

할머니가 언니를 부르자 기다렸다는 듯 언니는 할머니 쪽으로 고개를 돌렸다.

"이쪽으로 와서 앉아. 여기 수아 학생은 너를 만나러 온 거야."

"저를요?"

언니가 되물었다.

"그래. 수아 학생은 네 동생이야."

"무슨 말씀인지 잘 모르겠군요."

언니는 얼굴에 미소를 띤 채 나를 내려다보았다. 그럴 리 없지만 언니의 표정에서 나는 난처함을 느꼈다. 다 예상한 일이었는데 마음이 자꾸만 바스러지고 있었다. 까끌까끌한 모래가 되어 가슴 구석구석을 거칠게 긁어 댔다. 쌓아도 쌓아도 자꾸만 무너지는 모래성을 짓는 심정으로 나는 마음을 다잡고 물었다.

"언니, 잘 지냈어?"

"저는 잘 지내고 있습니다. 수아 님은 잘 지내시나요?"

"응, 나는…… 나는 잘 지내."

그동안 참아 왔던 눈물이 쏟아지기 시작했다. 한번 울음이 터지자 걷잡을 수 없었다. 멈춰 보려고 숨을 참았는데 상황이 더 안 좋아졌다. 나는 헐떡거리다가 이내 엉엉 울었다. 할머니와 언니는 내가 충분히 울 수 있게 아무 말도 하지 않고 기다려 주었다. 내가 울음을 멈췄을 때, 차는 이미 다 식어 있었다.

*

할머니는 잠깐 이야기하고 있으라고 말하며 휠체어를 밀어 방으로 들어갔다. 내가 언니와 둘이서 시간을 보낼 수 있게 배려해 준 거였다. 우리는 소파에 나란히 앉았다.

언니는 정말 나를 기억하지 못하는 듯했다.

똑똑히 보고 있으면서도 그 사실을 도저히 받아들일 수가 없어서 나는 언니의 기억을 되돌리려고 애썼다. 고작 생각해 낸 방법은 우리가 함께였던 날들의 추억을 떠오르는 대로 이야기하는 것이었다. 기억해? 우리 같이 엄마 아빠 몰래 옥상에서 별 봤던 적 있잖아. 언니가 알려 줬지. 너무 밝게 반짝거리는 건 별이 아니라 인공위성일 확률이 높다고. 그리고 언니가 나를 데리고 자주 산책하러 갔던 공원 있잖아. 거기에 대나무 숲이 생겼어. 갑자기 웬 대나무 숲인가 싶지? 여하튼 바람이 불 때마다 대나무가 흔들리며 내는 소리가 좋아. 들어 보고 싶지 않아? 또 있다. 옆집 개 말이야, 아프대. 그래서 문 앞으로 누가 지나가도 이젠 안 짖어. 어릴 때 내가 그걸 너무 무서워했잖아. 그래서 그 앞을 지나칠 때마다 언니 옆에 꼭 붙어 있었는데……. 그러나 언니는 조용히 듣고만 있었다. 내가 하는 말을 이해하지 못하는 게 빤했다. 나는 지푸라기라도 잡는 심정으로 스마트폰을 꺼내 사진첩을 열었다.

우리가 함께 찍은 사진을 보았다. 3년 전의 나와 언니, 그보다 더 어렸던 나와 언니, 아주 꼬맹이였던 나와 언니가 함께 찍은 사진들. 그 사진들 속 언니는 언제나 같은 모습이었다. 자라지도 늙지도 않고 지금 내 옆에 앉아 있는 언니의 얼굴 그대로. 언니는 그 사진들을 보고도 행복해 보이네요, 즐거워 보입니다, 하는 일반적인 반응 외의 다른 반응은 보이지 않았다. 나는 카메라 앱을 켜고 셀피 모드로 전환했다. 스마트폰에 언니와 내 얼굴이 담겼다.

"언니, 우리 정말 닮았지?"

"정말 닮았네요."

"자매처럼?"

"네, 자매처럼요."

내가 셔터를 누르자 화면이 짧게 번쩍이며 우리 둘의 얼굴이 찍혔다. 사진 속 우리는 은은히 미소를 지은 채 카메라를 응시하고 있었다. 아무런 문제도 없는 사이처럼 보였다. 몇장 더 찍으면 좋겠다는 생각을 하는데 언니가 나를 불렀다.

"수아 님."

"응, 언니. 뭔가 떠올랐어?"

"죄송하지만 식사를 준비해야 할 시간이어서요. 먼저 일어나 봐도 될까요?"

"아…… . 응. 알겠어."

언니가 몸을 일으켜 부엌 쪽으로 갔다. 내게서 등을 보인 채로 저녁을 준비하기 시작했다. 부엌까지 고작 몇 걸음이었다. 그런데 언니의 등이 왜 이렇게 멀어 보이는 걸까.

"함께 저녁 먹어요."

어느새 밖으로 나온 할머니가 말했다.

저녁 식사로 언니가 만든 된장국과 달걀찜, 불고기를 먹었다. 음식이 하나같이 간이 심심했다. 내가 기억하는 언니의 손맛은 이렇지 않았다. 그러니까 이건 김미영 할머니의 식성이나 건강 상태를 고려해 일부러 싱겁게 한 것일 테다. 음식 맛마저 예전과 같지 않다는 사실에 순간 화가 났고 곧이어 슬퍼졌다. 식사 자리에서까지 울고 싶지는 않았다. 나는 울컥하는 마음을 음식과 함께 삼키기 위해 입안 가득 밥과 불고기를 밀어 넣어야 했다. 후식은 레몬 셔벗이었다. 할머니가 가장 좋아하는 디저트랬다. 사각거리는 얼음 사이사이로 노란 레몬 제스트가 콕콕 박혀 달고 시고 향긋했다.

"내가 수아 학생의 언니를 빼앗은 것 같아 마음이 참 안 좋네요. 더 이야기 안 나눠도 괜찮겠어요? 내가 다시 자리를 비켜 주는 게 좋을까요?"

후식까지 다 먹은 후, 언니가 부엌에서 뒷정리하는 동안 할머니가 내게 조용히 물었다. 나는 고개를 저었다.

"제가 언니를 보러 간다고 했을 때 부모님이 그러셨어요. 만나지 않는 게 나을 거라고, 상처만 받고 돌아오게 될 거라고요. 전 그렇게 생각하지 않았어요. 언니가 나를 기억하든 못 하든, 언니는 언니라고 믿었거든요."

나는 고개를 돌려 식탁을 치우는 언니의 뒷모습을 바라보았다.

"그런데 이젠 모르겠어요. 어쩌면 부모님 말씀이 맞는지도 모르겠어요. 언니는 그냥 안드로이드일 뿐이었을지도."

나를 기억도 못 하고, 나와의 추억은 안중에도 없으면서 나와 대화하는 중에도 할머니에게 집중하는 언니의 모습을 보며 나는 천천히 이해하게 되었다. 언니는 이제 나의 언니 이도아가 아니라 김미영 할머니의 손녀 김은서였다.

할머니가 손을 뻗어 내 손등 위에 얹고 말했다.

"그렇지 않아요. 예전에는 나도 안드로이드는 안드로이드일 뿐이라고 생각했죠. 하지만 몇 년간 은서와 지내며 생각이 달라졌어요. 수아 학생도 알고 있지 않나요? 우릴 향한 마음만큼은 진짜인 것을. 나보다 잘 알 거라고 생각하는데."

물론 알았다. 하지만 초기화 한 번으로 완전히 바뀌어 버리는 것을 마음이라고 불러도 될까?

"수아 학생의 부모님은 느끼지 못했을 뿐이에요. 그때 은서의 마음은 오로지 수아 학생만을 향하고 있었을 테니까. 아는 것과 느끼는 것은 전혀 다른 문제니까요."

위로가 되는 말이었다. 그렇지만……

"선생님."

그때 도아 언니가 할머니를 불렀다. 어느새인가 다가와서 우리를 바라보고 있었다.

"마사지 받으실 시간입니다."

"아. 그래, 은서야."

할머니는 언니에게 대답하고 내 쪽으로 고개를 돌렸다.

"수아 학생, 보다시피 내가 몸이 이래서 하루에 몇 번씩 마사지를 받아야 해요. 잠깐 누워도 될까요? 보기 불편할 것 같다면 방에 들어가 있어도 돼요."

나는 고개를 저었다.

"할머니만 괜찮으시다면 옆에 있고 싶어요."

할머니는 언니의 부축을 받아 소파로 몸을 옮겼다. 언니는 할머니가 편안한 자세로 배를 깔고 누울 수 있도록 조심스레 할머니의 몸을 이리저리 끌었다. 마침내 자리를 잡자

이 새 벽

언니는 잔잔한 음악을 틀고 할머니의 다리를 주무르기 시작했다. 발목에서 출발해 종아리와 무릎, 허벅지를 꾹꾹 누르며 천천히 올라갔다. 병아리를 감싸 쥐듯이 무척 부드럽고 세심한 손길이었다. 언니의 손이 닿을 때마다 구겨지는 옷자락과 손길에 따라 눌리는 살결을 바라보며 나는 잠들지 못했던 수많은 밤을, 내 머리를 쓰다듬던 언니의 손길을 떠올렸다. 마음 한편이 따뜻하게 데워지는 기분과 동시에 언니의 손길이 더는 나를 향하지 않는다는 데서 오는 질투를 느꼈다.

"수아 학생."

문득 할머니가 나를 불렀다.

"하룻밤 자고 가요. 너무 늦었으니까."

"그래도 될까요?"

"당연하죠. 여기 있는 동안은 내 손녀잖아요. 부모님께만 잘 말씀드리고요. 필요하다면 내가 통화할게요."

나는 부모님에게 연락하고 온다는 핑계로 자리를 피했다. 할머니와 언니의 다정한 모습을 보고 있으면 질투심이 더 커질 것만 같아서 그 자리에 계속 있기 어려웠다.

신발장 쪽으로 가 엄마에게 전화를 걸었다. 나는 그간 있었던 일을 엄마에게 전했다. 도아 언니가 잘 지내고 있다고,

음식 솜씨는 나빠졌지만 우리가 알던 그 도아 언니라고 말했다. 비록 나를 기억하지 못한다고 해도.

"그리고 너무 늦었으니까 여기서 하룻밤 자고 가기로 했어. 괜찮지?"

"그래. 할머니께 너무 폐 끼치지 않게 조심하고."

"응. 아빠한테 잘 말해 줘, 엄마."

"아빠도 다 듣고 있었어. 바꿔 줄게. 아빠가 할 말이 있대."

곧 아빠가 전화를 건네받은 듯했다. 그러나 아빠는 아무 말도 하지 않았다. 나도 먼저 할 말이 떠오르지 않아 어색한 침묵만이 맴돌았다. 얼른 말하라는 엄마의 재촉이 멀게 들렸다. 아빠는 한숨을 내쉬었다. 이윽고 말했다.

"미안하다. 그렇게 말해선 안 되는 거였어."

언니 이야기를 하는 거였다. 나는 어깨를 으쓱했다가 아빠가 볼 수 없다는 사실을 떠올리고 입을 열었다.

"내가 어떤 마음인지, 아빠는 영원히 모를 거야."

아빠가 했던 말이 내게 얼마나 상처가 되었는지 알아주기를 바라는 그런 단순한 이유에서 한 말은 아니었다. 그보다는 복잡했다. 언니와 나는 함께 자라며 서로만이 알 수 있는 마음을 만들었다. 그 마음은 내 안의 어딘가, 아빠가 볼 수 없고 알 수도 없는 자리에서 계속 자랄 것이다. 설령 언니가

이 새 벽

기억 못 한다고 해도 내가 기억했고, 또 할 테니까.

아빠는 한동안 말이 없었다. 거실 쪽에서는 계속해서 잔잔한 선율의 음악이 들려왔다. 문득 내 발끝이 보였다. 양말의 엄지발가락 쪽이 곧 구멍이 날 듯 해져 있었다. 괜히 발끝을 오므려 해진 부분을 감췄다.

"……그래. 잘 만나고 와. 내일 보자. 잘 자렴."

이번에는 아빠도 상처를 좀 받은 듯했다.

통화를 마치고 돌아오니 마사지가 끝나 있었다.

언니와 내가 힘을 합쳐 거실에 놓인 티 테이블을 치우고 바닥에다 요를 깔았다. 김미영 할머니는 언니의 도움을 받아 요 위에 누웠다. 할머니의 옆으로 언니가 눕고 언니의 옆에 내가 누웠다. 우리는 나란히 누운 채로 두런두런 이야기를 나누었다. 대부분 할머니와 나의 대화였고 언니는 때때로 맞장구쳤다. 그러다 어느 순간부터 나 혼자 이야기하고 있다는 걸 알아차렸다. 말하기를 멈추고 귀를 기울이자 할머니의 코골이 소리가 희미하게 들렸다. 나는 언니에게 물었다.

"언니는 오늘을 기억할 거야?"

"물론입니다. 인간적인 의미의 기억과는 다르겠지만요."

"인간적이지 않은 기억은 뭔데?"

언니는 곧바로 대답하지 못했다. 어려운 질문은 안드로이드에게도 고민이 필요한 모양이었다. 나는 눈을 감은 채 언니의 대답을 기다리다가 나도 모르게 잠들어 버렸다. 오랜만에 꿈도 없는 아주 깊은 잠을 잤다.

눈을 뜨니 아침이었고 눈보라가 멎었는지 창문으로 밝은 빛이 쏟아져 들어오고 있었다. 고개를 돌려 언니가 누웠던 자리를 보았지만 언니는 없었고 잠든 할머니의 모습만이 보였다. 손을 뻗어 빈자리를 더듬거렸다. 언니가 있던 자리는 차갑게 식어 있었다. 나는 서늘하고 부드러운 이불의 감촉을 느끼며 몇 번이고 이불 위를 쓰다듬었다. 언니는 우리를 깨울 적당한 때를 기다리고 있을 것이다. 언니가 우리를 깨우러 오기 전까지만, 나는 이러고 있기로 했다. 오래는 아닐 것이다.

이새벽 마음은 어디에 있는 것일까요? 또 지금 내 안에 없는 지난날들에 가졌던 마음은 다 어디로 가 버린 것일까요? 이 소설의 제목인 '영의 자리'는 영혼의 자리를 가리키는 동시에 숫자 '0'의 자리를 가리키는 말이에요. '0'은 표기할 수 있다는 점에선 분명히 존재하지만, 사실은 없음을 나타내는 기호죠. 지금 여기에는 없지만 그것들이 있었던 자리를 느끼고 기억한다면 우리는 여전히 함께라고 말할 수 있지 않을까요.

이새벽

소년들, 소년들이

별민영

눈부신 빛을 내는 선들이 빗금을 그린다. 지구 밤하늘을 가르며.

굵은 빛은 강렬하고 빠르게 사라지고, 가느다란 빛은 은은하게 잔상을 남긴다. 어느 빛 하나, 같은 모습으로 떨어지지 않는다. 미묘하게 달랐다. 사람들은 진귀한 유성쇼를 만났다며 소리치고 기뻐했다.

잠시 후 유성쇼에 대한 뉴스가 홀로그램으로 쏟아졌다. 유성쇼 홀로그램이 큼지막한 자막과 함께 허공에 번쩍거렸다.

[긴급 속보] 2***년 10월 14일 밤 열 시경, 하늘에 펼쳐진 유성쇼. 유성이 아닌 우주 사고로 예상. 사고 파악 중…….

사람들은 하늘에서 벌어진 일에 대해 짐작도 하지 못했다. 낮엔 해가 뜨고 밤엔 별이 반짝대는 안전하고 고요한 하늘은 당연하니까.

*

수명을 다한 인공위성 하나가 우주를 머돈다. 떠돌이 인
공위성 근처에 우주선이 나타났다. 거미 다리를 닮은 팔 여
덟 개가 달린 우주선이었다. 각진 몸체는 지구가 뿜어내는
빛을 반사하고, 가운데엔 가디언8이라는 글자가 새겨져 있
었다. 우주선이 팔을 활짝 벌리더니 인공위성을 포획했다.
단숨에 빠르고 정확하게. 우주라는 거미줄에 걸린 먹이를
낚아채는 것처럼 보였다.

우주선이 인공위성을 끌고 낮은 고도로 빠르게 비행한다.
지구 대기권에 가까운 고도로 내려와서 팔을 펼쳤다. 인공
위성이 지구로 떨어진다. 곧 인공위성은 지구 대기권에 타
서 없어질 것이다. 흔적도 없이.

우주선 조종석에서 나지막한 말소리가 흘렀다.

"안녕, 인공위성. 그동안 수고했다. 지구 소각장으로 잘 가
라."

가디언8 대원인 청우였다. 청우는 폐기 인공위성을 지구
대기권으로 옮기는 미션을 소각장 일이라고 불렀다.

청우가 미션을 마치자 우주선에 탑재된 음성이 퍼졌다.

별 민 영

"지구를 지키는 가디언8, 실습 합격을 축하합니다. 지구를 지키게 된 것을 환영합니다."

"으으. 지구를 지킨다고? 쓸데없이 거창해."

청우는 몸을 부르르 떨었지만 사실이다.

22세기, 우주 쓰레기는 인류에 커다란 위협이 되었다. 지구 근처 궤도를 떠도는 수백만 개 이상의 우주 쓰레기가 우주 비행 교통사고를 일으키고, 사고 잔해는 지구에 언제 떨어질지 모르는 시한폭탄이 되었다. 그 우주 쓰레기를 처리하는 업체가 가디언8이다.

청우는 실습을 마치고 첫 미션으로 궤도 정찰 미션을 맡았다. 궤도 정찰 미션은 초보 대원들이 맡는 임무로, 파트너와 함께 위성 궤도를 정찰하는 단순한 임무였다. 청우는 내심 긴장하고 있었다. 2인승 우주선을 조종하는 일은 처음이라 실수가 생길지도 몰랐다. 우주에서는 작은 실수에도 까딱하면 생명을 위협하는 사고로 이어지는 경우가 많았다.

그런데 파트너로 배정받은 윤도는 달랐다. 긴장은커녕 장난스러워 보였다. 이런 건 시시하다는 듯이.

윤도는 우주선을 타서도 변함없었다. 조종은 뒷전이고 보조석에 앉아 콧노래만 흥얼거렸다. 보다 못한 청우가 비꼬았다.

"누가 보면 우주 관광 온 줄 알겠다."

윤도가 호탕하게 웃었다. 짙은 눈썹까지 들썩이면서.

"어떻게 알았어? 오늘처럼 마음 편하게 미션을 할 날이 얼마나 있겠냐? 앞으로 청소 미션이 잔뜩 있을 텐데. 인마, 너도 긴장 풀어. 실습할 때 시뮬레이션 질리도록 했잖아. 이 정도 비행 조종은 자율 주행 모드로 해도 된다고."

청우는 대꾸하지 못하고 우물쭈물했다. 틀린 말이 없었다. 짜증 나게.

청우가 방심한 사이에 윤도가 자율 비행 버튼을 눌러 버렸다. 마지못해 청우가 손에서 조종간을 놓았다. 청우 눈에 조금씩 우주가 담기기 시작했다.

마치 우주는…… 검디검고, 깊고 깊은 심해 같았다. 청우는 바닷속을 헤엄치고 있다는 착각이 들었다. 오랜만에 느끼는 고요함.

우주 관광을 한 지가 언제였더라. 일곱 살 때 아빠랑 했었나? 청우는 아빠 얼굴이 문득 떠올랐다. 우주 정거장을 수리하기 위해 떠났다가 영영 돌아오지 못한 아빠. 청우는 마지막 남은 가족이었던 아빠와 제대로 된 작별 인사도 하지 못했다. 그래서일까? 아빠가 남긴 빈자리는 채워지는 것이 아니라 그리움을 빨아들이며 팽창하는 블랙홀이었다.

"피익!"

청우는 정신이 번쩍 들었다. 윤도가 든 우주 관광용 팝콘 팩이 열리면서 나는 소리였다. 진공 상태의 팩을 여는 순간, 팝콘이 요란하게 튀어 올랐다.

"펑! 펑! 펑!"

팝콘이 터지며 우주선에서 떠다녔다. 청우가 다급하게 말렸다.

"미쳤냐? 우주선에서 먹으면 안 되는 거 몰라?"

윤도는 아랑곳하지 않았다.

"내리기 전에 다 먹으면 되거든?"

"말이 안 통하는 꼴통이군."

청우가 팝콘 팩을 뺏으려고 조종석에서 일어났다. 윤도는 청우를 피해 도망 다녔다.

"펑! 펑!"

우주선이 팝콘으로 가득했다. 윤도가 공중에 떠다니는 팝콘을 한 주먹 모아서 우걱우걱 씹었다.

"신상 팝콘 팩이라더니 진짜 맛있네. 너도 먹는 걸 허락한다. 내 동생이 보낸 귀한 팝콘을 먹게 된 걸 영광으로 여겨라."

청우는 팝콘을 입에 대지 않았다. 빨리 미션을 마치고 성가신 파트너와 거리를 두고 싶을 뿐.

한창 실랑이를 벌이는 중에 비행이 높은 고도로 시작되었다. 우주선이 궤도 정찰 미션 마지막 코스로 향했다. 지구 궤도보다 200~300킬로미터 높은 곳에 있는 무덤 궤도였다. 무덤 궤도는 지구 대기권으로 추락시키지 못한 폐기 인공위성이 있는 장소였다.

한 지점에서 우주선이 잠시 멈췄다. 몇천 대의 인공위성이 정지해 장관을 이루고 있었다. 그들만의 우주를 만든 것처럼. 무덤 궤도에 지구 중력장이 균일하지 않아 자연스럽게 모인 것이다.

시간이 멈춘 모습은 할 말을 잃게 했다. 윤도 역시 조용해지고 긴 정적이 흘렀다. 청우가 폐기 인공위성들에게 인사를 건넸다.

"그동안 수고 많았다. 은퇴를 축하한다. 편히 쉬어라."

윤도가 뻥한 눈으로 청우를 보았다.

"한때는 중요한 임무를 했던 인공위성인데 이제는 은퇴한 거잖아. 인사 정도는 해야지."

청우 말이 끝나자 윤도가 청우 어깨에 팔을 둘렀다.

"이야. 너 낭만 있는 놈이었구나? 맘에 들어. 나랑 친구 할래?"

"언제 봤다고."

청우가 윤도를 떼어 냈다. 윤도는 무덤 궤도를 바라보며 말하기 시작했다. 사뭇 진지한 얼굴로.

"있잖아. 방금 결심했는데…… 은퇴할 때 하고 싶은 게 생겼어! 가디언 77호쯤은 타야 가능하겠는데?"

77호는 전투 미사일까지 갖춘 고가 우주선으로 가디언 8의 관리자만 사용할 수 있었다. 청우는 윤도가 말하는 은퇴 따위는 관심도 없고 궁금하지도 않았다.

"꿈 깨. 77호는 아무나 못 타."

청우가 시큰둥하게 대꾸했다.

"걱정 마! 아무나가 아니라, 난 완전 에이스 대원이 될 거라고. 그래서 반드시 77호를 타겠어!"

윤도는 신이 나서 혼자 떠들어 댔다. 청우는 아무 말도 하지 않고 속으로 비웃었다. 에이스 대원? 그딴 거 다 소용없어. 살아남는 게 중요하다고! 멍청한 놈! 한심한 놈!

청우는 아빠같이 허망하게 목숨을 잃고 싶지 않았다. 작별 인사조차 못 하는 쓸쓸한 죽음. 그건 청우가 가장 끔찍하다고 여기는 엔딩이었다.

둘은 궤도 정찰 미션을 마쳤지만 가디언8 본부로 돌아가지 못하고 우주를 맴돌았다. 우주선에 떠다니는 팝콘이 문제였다. 팝콘을 다 먹어야 돌아갈 수 있었다.

"왜 이렇게 양이 많아?"

청우가 입에 팝콘을 욱여넣으며 투덜댔다. 생각보다 짭짤하고 고소한 게 맛있는데? 청우는 빠른 속도로 팝콘을 먹기 시작했다. 나중엔 팝콘을 빨아들이는 청소기였다. 윤도가 청우를 보고 킥킥댔다.

청우와 윤도는 팝콘을 전부 먹어 치우고 우주선에서 내렸다. 하지만 가디언8 관리자인 최 씨에게 들키고 말았다. 우주선에 고소한 팝콘 냄새가 진동했으니까. 어이없게도.

"벌점 5점이다. 10점이면 위험한 미션만 주는 거 알지? 둘은 303호 방으로 이동한다."

최 씨가 히죽 웃으며 말했다. 훤하게 드러난 누런 이 중에 왼쪽 앞니만 인공 치아라서 새하얗게 빛났다.

둘은 최 씨가 특별히 관리하는 대원들이 지내는 303호 방에서 생활하게 되었다. 가디언8 본부 마지막 층에 있는 기숙사는 인공 중력 장치와 충분한 산소로 일상생활을 하는 데 부족함이 없었다. 지구와 고립되어 있을 뿐.

그 후로도 2년 동안 둘은 변함없이 특별 관리 대상으로 303호를 지켰다. 청우는 살아남기 위해 최 씨의 충실한 심부

름꾼으로, 윤도는 에이스 대원으로.

함께 웃고, 떠들고, 때로는 다투고, 서로에게 어깨를 빌려 주면서.

*

청우가 우주 쓰레기 소각 미션을 마치고 303호로 내달렸다. 문을 벌컥 열자 윤도가 침대에 누워 책을 보고 있었다. 청우가 한숨을 토했다. 윤도가 살갑게 굴었다.

"야. 걱정이라도 했냐? 내가 돌아오지 못할까 봐?"

"뭐래. 걱정은 무슨."

청우는 눈시울이 뜨거웠지만 들키지 않으려고 고개를 돌려 우주복을 갈아입었다. 윤도가 말한 대로 이번엔 정말 끝인가 했다. 윤도가 24시간 만에 복귀했기 때문이다.

"우주 저궤도에 있는 로켓 잔해를 수거하다가 골치 아픈 일이 있었어. 근처에 있던 고물 인공위성이 폭발했거든. 뭐, 대단한 일은 아니지만. 알잖아. 우주 저궤도엔 인공위성도 많고 쓰레기도 많은 거. 그만큼 사고도 잦잖아."

윤도가 묻지도 않은 말을 이어 나갔다. 청우는 눈을 크게 뜨고 윤도를 살폈다. 다친 데는 없어 보였다.

"우주선도 고장 나고, 팔도 두 개나 떨어져 나갔어. 식스틴

(sixteen)이라는 내 명성과 어울리지 않게 가만히 앉아서 구조되길 기다린 거지."

청우는 으스대는 윤도가 꼴 보기 싫으면서도 마음이 쓰렸다. 우주에서 구조되길 기다리는 일이 얼마나 끔찍한지 잘 안다. 가디언8 대원 대부분이 겪는 일이었다.

"잘난 척은, 식스틴 별명이 뭐가 좋다고. 잘난 별명 때문에 위험한 미션은 자기가 다 하면서."

청우가 진심이 담긴 말을 뱉었지만 윤도는 가벼운 핀잔으로 넘겼다.

8의 두 배, 16.

가디언8의 미션용 우주선에 달린 여덟 개 팔이 아니라, 열여섯 개 팔을 가진 것처럼 우주선을 잘 다루는 에이스 대원인 윤도에게 붙은 별명. 식스틴. 죽기 좋은 이유였다. 실제로도 그랬다.

윤도는 위험천만한 미션을 떠맡다시피 하고 있었다. 윤도가 여전히 한쪽 팔을 베고 누운 자세로 대꾸했다.

"잘하는 걸 억지로 못할 수도 없잖아."

"그래, 잘났다!"

청우가 볼멘소리하자 윤도는 책으로 눈을 돌리더니 화제를 바꿨다.

별 민 영

"가슴속에 하나둘 새겨지는 별을 이제 다 못 헤는 것은 쉬이 아침이 오는 까닭이요, 내일 밤이 남은 까닭이요, 아직 나의 청춘이 다하지 않은 까닭입니다. 크하. 멋지지 않냐? 150년 전에 지구에서 보는 별은 낭만 그 자체였다고. 지금도 그런 건 우리 덕 아니겠냐."

청우가 투덜댔다.

"픽이나. 아무도 모를걸? 그나저나 시집을 누가 책으로 본다고. 전자책으로 보지."

윤도가 침대에서 벌떡 일어나 청우 어깨에 팔을 둘렀다.

"역시! 시집을 단번에 알아보다니. 낭만 있는 놈이야. 한 장씩 페이지를 넘기며 읽는 종이책의 손맛을 모르다니 안타깝군. 옆에서 낭독해 주면 훨씬 좋은데. 내가 읽어 줄까? 별 하나에 추억과, 별 하나에 사랑과……."

청우는 그만 읽으라며 툴툴댔지만 윤도는 멈추지 않았다. 시에 등장하는 어머니라는 구절은 윤정이라고 바꾸어서 읽었다. 윤정은 윤도에게 하나 남은 가족, 여동생 이름이었다.

아침 이른 시간, 청우가 바쁘게 식사 장소로 이동했다. 청우는 다른 대원들보다 10분 먼저 식사를 준비한다.

가장 맛있는 음식을 듬뿍 식판에 담고, 우주에서 귀한 삶은 달걀 모양의 단백질도 밥 위에 올려 둔다. 식판 옆에 물도 한 컵 두면 준비는 완벽하다.

오전 일곱 시. 청우가 준비한 식사 자리에 관리자 최 씨가 앉아 밥을 한술 뜬다. 그제야 청우도 자기 아침을 먹기 위해 움직인다. 이렇게 청우가 최 씨 밥을 챙긴 지도 2년이나 되었다.

최 씨가 밥을 게걸스럽게 먹었다. 밥알이 식판 밖으로 튀어 나갔다. 어떤 밥알은 최 씨의 불룩한 배 위에 떨어졌다. 최 씨는 식사가 끝나기 전에 떨어진 밥알을 떼어 먹었다.

"우주에서 얼마나 귀한 밥알인데……."

매번 이 말도 빼놓지 않았다. 최 씨가 식사를 마치고 식당을 나가자 소란스러워졌다.

식당에 모인 대원 중엔 소년이 많았다. 지구에서 살았다면 고등학교에 다닐 나이였지만, 부모를 잃었거나 가장으로서 책임을 짊어지고 있었다.

지구 궤도를 비행하는 폐기 인공위성과 쓰레기는 초속 단위로 빠르게 움직이기 때문에 이동을 정확히 예측하기 어려워 처리하는 데 천문학적인 돈이 든다. 반면 사람이 직접 우주선을 조종해서 쓰레기를 처리하면 시간과 비용이 훨씬 절약되기에 탄생한 게 가디언8이다. 하지만 까딱하면 목숨을

별민영

잃기 쉽고 위험천만했다.

한마디로 생명을 담보로 한 고수익 직업.

가디언8은 성인에게 까다로운 조건으로 입사를 거절하는 경우가 많았지만 소년에게는 너그러웠다. 소년들은 위험한 미션이라면 몸을 사리는 어른에 비해 용감하고 무모했으니까.

실낱같은 희망을 품은 소년들이 암암리에 모이고 있지만 위험에 무방비한 상태로 노출되고 있는 셈이다. 이런 떳떳하지 못한 이유로 가디언8은 자신들의 존재가 세상에 알려지는 것을 꺼렸고 무관심을 원했다. 바람대로 사람들은 안전한 하늘 아래에서 보내는 일상을 당연하게 여겼다.

청우는 식당이 시끄럽든 말든 밥만 먹다가 반찬을 빼앗아가는 손길에 얼굴을 찌푸렸다. 틈만 나면 시비를 거는 호진이었다. 이제 막 성인이 된 호진은 덩치가 크고 거칠었다.

"뭐야. 아첨꾼 반찬 맛은 어떤가 했더니. 똑같네."

호진은 쩝쩝대며 말했다. 청우가 본체만체하며 밥을 먹었다.

"날 무시한다 이거냐? 알랑방귀나 뀌고 다니는 주제에."

호진은 약이 올랐는지 고함을 치며 식판을 뒤엎었다. 순식간에 식당이 조용해졌다. 청우가 나지막이 말했다.

"아부 떠는 게 어때서요."

"창피하지도 않냐?"

호진이 콧방귀를 뀌었다.

"오래 살겠다는 게 뭐가 창피한데요? 형도 알잖아요. 최 씨가 우리 일정 짜는 거. 전 위험한 미션 받기 싫어요. 빨리 죽기 싫거든요. 됐어요?"

호진은 청우 말에 반박할 말이 없었다. 그렇다고 이대로 물러서기도 뭐했다.

"네 룸메이트 반만 닮아라. 응? 실력으로 살아남으란 말이 야."

호진은 청우 먹살을 붙들고 식스틴까지 들먹였다. 그때 식당 모퉁이에서 쩌렁쩌렁한 목소리가 울렸다.

"형이 할 얘긴 아닌 거 같은데? 위험한 미션 때마다 아프 다고 빠진 게 누구였더라. 그럼 누가 대신 갔고? 나였던 거 같기도 하고."

윤도였다. 호진은 얼굴이 빨개져서 우물쭈물했다. 결국 식 당을 박차고 나가 버렸다. 청우가 바닥에 널브러진 반찬을 식판에 주워 담았다. 대원들은 금세 화제를 돌렸다.

"그거 알아? 그물 미션이 떴대."

"진짜? 반년 전에 식스틴이 하지 않았냐? 하마터면 죽을 뻔했잖아."

"이번에도 식스틴이 하겠지. 그물 미션에서 살아남은 사람 손에 꼽잖아."

그물 미션에 대한 이야기로 식당이 시끌시끌했다. 반찬을 줍던 청우의 손끝이 떨렸다. 윤도는 담담한 표정으로 식판을 깨끗이 비웠다.

303호에서 물건 부서지는 소음과 욕설이 퍼졌다. 청우는 윤도가 그물 미션을 나가지 못하게 할 작정이었다.

윤도는 문 앞을 막아선 청우 멱살을 움켜쥐었다. 바닥엔 짐이 널브러져 있었다.

"강청우. 그만해! 저리 비켜."

청우도 물러서지 않았다.

"왜 네가 해야 하는데? 다른 사람도 많잖아."

"몇 번이나 말해. 다른 사람이 없다고!"

청우도 멱살을 잡았다.

"죽고 싶어서 환장한 놈! 잘난 척하다 죽겠다 이거지?"

"어차피 내가 하기로 결정됐어. 그리고 최 씨가 이번 미션만 끝나면 77호 타게 해 준댔어."

"77호? 설마…… 예전에 무덤 궤도에서 말했던 은퇴인가 뭔가 때문에 이러는 거야?"

"기억하고 있었어? 맞아. 은퇴식. 무덤 궤도에 있는 인공위성들을 대형 그물로 잔뜩 모아서 지구 대기권으로 날려보낼 계획이거든! 그러려면 77호가 필요해. 도중에 위험한 쓰레기라도 나타나면 77호 미사일로 처치해야 안전하기도 하고. 성공하면 지구에선 유성쇼라도 생긴 줄 알겠지. 나중에는 폐기된 인공위성이라고 알게 되겠지만, 하늘을 지키는 우리가 있다고 외치는 거라고! 근사한 은퇴식이 될 거야."

청우가 버럭 소리를 질렀다.

"미친놈! 그딴 게 뭐가 중요해. 살아남는 것보다 중요한 건 없어."

"그딴 거? 나한테는 전부야! 2년 내내 포기하지 않은 꿈이거든. 중요해서가 아니라, 소중해서 지켜 온 꿈."

"소중? 꿈……?"

청우가 쓴웃음을 지었다.

"그래. 77호만 타면 은퇴할 거야. 이번이 마지막 미션이라고. 돈도 꽤 모았으니까 지구에 돌아가면 작은 가게라도 하려고. 나랑 윤정이, 너까지 셋이서."

"가게? 나까지?"

청우가 멱살을 풀자 윤도가 장난스럽게 되물었다.

"서점은 어떠냐?"

"누가 너랑 한대? 서점부터 별로야."

윤도가 청우 어깨를 잡았다.

"미션 끝나고 복귀하면 어떤 가게로 할지 격하게 싸워 보자고!"

"……."

청우가 고개를 떨구었다. 더 이상 윤도를 말리는 것은 시간 낭비일 뿐이었다.

윤도가 탄 우주선이 저궤도 영역으로 향했다. 백만 개가 넘는 인공 우주 물체 70퍼센트 이상이 저궤도 영역에 있기 때문에 복잡하고 빽빽했다.

윤도가 우주선을 날렵하게 조종했다. 쓰레기 사이사이로. 우주선은 초소형 인공위성이 무더기로 모인 곳에서 멈췄다. 지상과 통신이 끊기고 수명이 다한 인공위성들이다.

오늘 미션은 그물 미션. 초소형 쓰레기들을 한꺼번에 그물로 포획해 대기권에 태우는 일이다. 간단해 보이지만 실제로는 까다롭고 위험한 미션이었다. 그물 포획에 성공하면 무게 때문에 움직임이 둔해져서 인공위성이나 우주 쓰레기에 부딪히는 사고가 날 확률이 높아지기 때문이다. 우주에서 벌어지는 사고는 작아도 치명적이다.

윤도는 인공위성 무더기에서 7미터 정도 떨어진 거리에서 그물을 펼쳤다. 수많은 초소형 인공위성이 수기되있다. 다음엔 여덟 개 팔로 그물을 끌어 올리고 대기권으로 하강했다. 노련하고 침착했다. 대기권이 코앞으로 가까워졌을 때였다.

그물에 낚인 인공위성끼리 부딪치며 폭발했다. 비교적 작은 규모의 폭발이었지만 인공위성들이 갑작스레 한쪽으로 쏠렸다. 우주선이 균형을 잃고 허공을 헛돌더니 그물에 구멍이 나고 말았다.

그물을 빠져나간 몇몇 초소형 인공위성이 대기권으로 빠르게 진입했다. 그사이에 우주선의 팔이 그물에 엉켰다.

우주선이 대기권 안으로 빨려 들어갔다. 윤도는 대기권을 빠져나가려고 방향을 틀었지만, 인공위성들의 무게와 지구 중력 때문에 조종이 먹히지 않았다. 비상 탈출을 하더라도 대기권으로 빨려 들어갈 상황이었다. 우주선 내부가 뜨거워지기 시작했다.

"어떤 가게로 할지 싸우기로 했는데⋯⋯."

윤도가 가까워지는 지구를 바라보며 중얼댔다. 그다음엔

지구에 혼자 남겨진 동생을 떠올리며 시를 읊었다.

"별 하나에 쓸쓸함과, 별 하나에 동경과, 별 하나에 시와, 별 하나에 윤정, 윤정이……."

우주선에 눈물방울 하나가 떠다닌다.

눈물이 별처럼 반짝이는 찰나, 예상하지 못한 쓰레기가 나타났다. 대기권에서 터진 로켓 잔해인데 무서운 속도가 붙어 있었다.

"탕!"

로켓의 잔해가 우주선 몸체를 강타하고 지나갔다. 우주선은 크게 부서졌지만 방향이 바뀌었다. 우주선이 가까스로 대기권을 빠져나와 허공에서 돌기 시작했다. 그물과 함께.

식스틴, 윤도는 행방불명이 되었다. 우주선의 통신 기능과 위치 송수신 장치가 훼손된 상태로.

＊

윤도가 실종된 지 24시간, 위치 확인이 되지 않아 구조에 진전이 없었다. 청우가 먹지도 자지도 못해서 반쪽이 된 얼굴로 최 씨에게 물었다.

"아직도 구조팀에서 윤도 소식은 없나요?"

최 씨가 대답 없이 고개만 저었다. 최 씨에게 청우 상태 따위는 중요하지 않았다. 최악인 분위기를 돌리는 데 청우가 필요할 뿐이다. 식스틴 실종 후에 위험한 미션을 나서겠다는 대원도 없고, 일을 그만두겠다는 대원이 속출했기 때문이다.

최 씨는 이런 순간에 무엇이 필요한지 정확하게 알았다. 그건 달콤한 희망. 희망을 보여 줄 상대로 청우를 골랐다. 자기 말이라면 무조건 따르고 식스틴과 가까운 사이였으니 더할 나위 없었다.

"이청우. 너는 앞으로 우주선을 점검하는 정비 업무와 정찰 일만 맡을 거다. 무슨 말인지 알겠나? 이제 위험한 일은 없다는 이야기다."

최 씨가 으스대며 말했다. 크나큰 은혜라도 베풀듯이.

청우는 아무 대답이 없었다. 최 씨는 그런 청우가 못마땅했다.

"상사가 말하는데 대답해야 할 거 아니야!"

최 씨가 버럭 하자 청우는 양 주먹을 꽉 쥐었다.

"먼저 구조팀에 넣어 주시면 안 될까요? 윤도를 찾을 때까지만요."

"구조팀은 인원이 충분해!"

청우가 차갑게 식은 눈으로 최 씨를 응시했다.

별 만 영

최 씨는 청우 반응을 대수롭지 않게 여겼다. 청우에게 당장 처리해야 할 우주선 점검 업무를 지시할 뿐.

최 씨가 예상한 대로 효과가 나타났다. 대원들은 청우를 부러워했다. 청우처럼 위험하지 않고 편안한 직무를 맡을 수 있다는 사실만으로 희망이 되었다. 대원들은 언젠가 나도 청우가 하는 일을 할지도 모른다는 기대로 최 씨에게 잘 보이려고 애썼다. 청우가 하던 식사 준비까지 자신에게 맡겨 달라며 애원하는 대원도 생겼다. 최 씨는 속으로 자신을 칭찬했다.

'내가 머리도 좀 빠지고 배가 나왔어도 능력은 있다니까.'

최 씨는 청우를 고른 것도 만족스러웠다. 끈질기게 구조 팀에 넣어 달라며 사정하는 바람에 성가셨지만, 자기 말이라면 언제나 한결같이 충성해서였다.

윤도가 실종된 지 나흘째 되는 날, 생존 확률이 한 자리로 떨어졌다.

최 씨는 점심을 먹고 꾸벅꾸벅 졸더니 자신이 오후에 하기로 예정되었던 임무를 청우에게 떠넘겼다. 77호 점검 일이었다. 최 씨는 숙소로 와서 낮잠을 즐겼다. 여유롭고 달콤하게.

최 씨의 지시를 받은 청우가 77호에 탑승했다. 은회색에 부드러운 곡선 기체가 상어를 닮은 77호는 최신식 우주선답게 내부도 화려했다. 단순한 기능만 탑재된 미션용 우주선과는 딴판이었다. 청우가 운전석에 털썩 앉았다.

77호. 윤도가 그토록 타기를 꿈꿨던 우주선. 수없이 목숨을 걸었지만 이루지 못한 꿈.

청우는 실종 나흘 만에 흐릿해지는 윤도의 존재를 목격했다. 구조에 별다른 진전이 없자 구조팀은 철수할 핑계만 찾았고 행여라도 최 씨의 눈 밖에 날까 봐 윤도 이야기를 꺼내는 대원은 아무도 없었다. 모두 쉬쉬하면서 눈치만 살피기 바빴다.

그뿐이 아니다. 세상은 윤도의 생사가 오가는 긴박한 순간에 고요하기만 했다. 윤도라는 존재가 쓰임을 다해 우주를 떠도는 인공위성과 다를 바 없다는 듯이. 그렇다고 가디언8의 존재 자체도 알지 못하는 세상을 탓할 수도, 당장 시급한 상황에 도움을 청할 수도 없었다.

청우는 왜 윤도가 은퇴식으로 자신들의 존재를 알리고 싶어 했는지 어렴풋이 알 듯했다.

'하필 이제서야 윤도 꿈이 이해되는 걸까? 진작에 윤도를 도왔다면 달랐을까? 지금이라도 늦지 않았다면?'

별 민 영

청우는 눈물이 고여 시야가 뿌옇게 흐려진 상태로 운전대를 힘껏 잡았다. 그러고는 과감하게 시동 버튼을 눌렀다. 위험해서 목숨을 걸어야 할지도 모른다. 하지만 청우에게 윤도는 어떤 것보다 소중했다. 살아남는 게 중요해서 견딘 조롱, 노력 따위를 전부 합쳐도 아깝지 않을 만큼. 소중하다는 건, 아무리 중요한 게 있을지라도 훌쩍 뛰어넘는 힘이 있다.

청우가 통신 기능과 위치 송수신 장치를 꺼 버리고 저궤도로 향했다. 하나뿐인 친구이자 가족인 윤도를 직접 구출하고 윤도가 꿈꾸던 은퇴식을 치르기 위해.

77호는 윤도가 그물 미션을 했던 저궤도 부근을 오랫동안 맴돌다가 무덤 궤도로 향했다. 지구 중력에서 멀어진 우주선이 사고로 인해 동력이 떨어지면 흘러가는 궤도이면서, 폐기된 인공위성이 은하수를 이루는 장소였다.

*

"삐! 삐! 긴급! 긴급!"

최 씨는 밖이 소란스러워 잠에서 깼다. 시계를 보니 자정이 넘은 시간이었다.

도대체 무슨 일인지 대원들이 함성을 지르고 손뼉을 치고 있었다. 최 씨는 땀을 흘리며 우주 정거장 상황실로 달려갔다가 뉴스를 보고 주저앉았다.

상황실 대형 스크린 속에 유성이 불꽃놀이처럼 쏟아진다. 빛으로 내리는 비가 따로 없다. 사람들에겐 근사한 유성쇼로 보였겠지만 최 씨는 단번에 정체를 눈치챘다. 우주 쓰레기가 된 폐기 인공위성들이다. 곰곰이 생각하니 누구 짓인지 알 수 있었다.

강청우. 분명 그놈 짓이다!

최 씨는 우주가 노랗게 보였다. 가디언8이 세상에 알려지는 순간, 어떤 일이 벌어질지 예상할 수 없었다. 불리한 쪽인 건 확실하다.

최 씨가 다급하게 77호와 통신을 시도했지만 단절된 상태였다. 위치도 확인할 수 없었다.

결코 77호는 귀환하지 않을 것이다. 청우가 윤도를 찾는다면 함께 지구로 돌아가겠지만, 그렇지 않다면 추적을 멈추지 않을 것이다. 포기하지 않고 끝까지. 기적적으로 살아남은 윤도를 만나는 희망을 꿈꾸며……. 별이 된 윤도를 만나더라도 제대로 된 작별 인사를 하기 위해서.

우주에 별들이 아스라이 빛난다. 지구에서 사는 사람들은 반짝이는 별이 인공위성인지 진짜 별인지 알 수 없지만, 백

별 민 영

만 개의 쓰레기가 우주를 채우고 있다. 그 너머에 안전한 하늘을 지키는 소년들이 있다. 지구에서 바라보는 별이 아름답고 낭만적일 수 있도록.

별 하나에 소년들, 소년들이.

별민영 윤도와 청우는 제 마음속에서 끊임없이 다투는 목소리에서 탄생했습니다. 이상을 꿈꾸며 용기를 내라는 쪽은 윤도, 현실에 타협해 안전을 택하라고 외치는 건 청우를 닮았지요.

한쪽의 손을 들어 줘도 선택의 순간마다 다시 나타나 싸워 대니 승부를 가리긴 어렵겠습니다. 그래도 이 소설을 통해 여러분을 만난 순간만큼은 윤도가 이겼다며 어깨를 펴 봅니다. 세상에 꼭 필요하나, 보이지 않아 쉽게 쓰이고 버려지는 존재를 향한 마음의 목소리를 따르며 썼거든요.

앞으로도 윤도와 청우는 티격태격할 테니 이왕이면 윤도를 응원하기로 했습니다.

스스로를 위해서, 윤도를 닮은 속삭임이 들리는 여러분을 위해서.

호르헤 행성의 음모

김미연

오빠가 오랜만에 방 밖으로 뛰쳐나왔다. 하도 씻지 않아 개기름이 번들거리는 얼굴에 떡 진 머리로 방에 고여 있던 꼬랑내와 함께 말이다. 우리 오빠는 겨울 방학부터 공부하겠다며 중학교 마지막 여름 방학 동안 방구석에 처박혀 게임만 하는 중이었다.

"야. 난리 났어. 우리나라 과학자들이 상온 초전도체 논문을 발표했대. 이거 진짜면 노벨상도 탈 수 있어. 하하하하하하."

상온 초전도체는 뭐임? 스파이더맨도 아니고 손으로 장풍을 쏘는 오빠가 한심해 심드렁하게 핀잔을 주었다.

"이빨이나 닦고 말해."

"너, 상온 초전도체가 상용화되면 어떤 일이 벌어지는 줄 알아? 전기세 걱정 없이 에어컨 빵빵 틀 수도 있고 인간처럼 움직이는 정교한 로봇도 만들 수 있을걸? 또 자기 부상 열차로 몇 시간 만에 유럽까지 갈 수 있어. 어, 이러다가 외계인도 만나는 거 아냐?"

어릴 적부터 〈스타워즈〉에 꽂힌 오빠는 또 혼자서 소설을 썼다. 그래도 이런 폭염에 전기세 폭탄 맞을까 에어컨을 찔끔찔끔 틀어 주는 엄마가 야속했는데, 초전도체로 시원한 여름을 보낼 수 있다니 기대해 봄 직하다.

나는 흥분한 오빠를 홀로 남겨 두고 집 밖으로 나왔다. 밖은 오전인데도 뜨거운 공기에 숨 쉬기도 어려울 지경이었다. 지열이 올라와 슬리퍼를 삐져나온 발가락에서도 땀이 났다.

나무 그늘만 찾아 삐뚤빼뚤 걷느라 평소보다 늦게 도서관에 도착했다. 도서관에 들어서니 안경에 김이 서렸다. 에어컨 샤워를 하고서야 몽롱했던 정신이 돌아왔다.

책을 반납하고 종합 자료실로 들어가니 창문 쪽으로 놓인 푹신한 의자에 앉아 책을 읽는 사람들이 보였다. 머리가 희끗한 어르신이 많았고 대학생으로 보이는 언니 두 명이 앉아 있었다. 언니들은 더위를 피해 왔는지 아니면 무언가를 찾으러 왔는지 책은 읽지 않고 이리저리 두리번거렸다. 중학생은 나 혼자였다. 이 시간에 나 말고 다른 애들은 여름 방학 특강을 들으러 학원가를 돌고 있을 것이다.

김미연

나는 중학생이 되면서부터 학원을 안 다닌다고 선언했다. 조용하지만 격렬한 사춘기를 보내고 있는 나의 의견은 무엇이든지 프리 패스 중이라 가능한 일이었다. 많아진 시간에 무료함을 달래느라 게임을 해 봤지만 별 흥미가 생기지 않았다. 열여섯 시간을 침대에 누워 잠도 자 봤는데 허리가 아파 그것도 오래 할 수가 없었다.

나의 흥미를 끄는 것은 오로지 아이돌 그룹 A였다. 혼자 노래만 듣던 나는 방학이 되자 직접 얼굴을 보러 다니기 시작했다. 집 근처에 방송국이 있어 음악 방송 퇴근길에 응원봉을 들고 서 있거나 콘서트와 팬미팅에 가서 직접 얼굴을 보면 그렇게나 황홀할 수가 없었다.

오늘 도서관에 온 것도 나의 최애이자 A 그룹의 리더 M이 읽었다는 책을 반납하기 위해서다. 무슨 철학자가 썼다는데 외계인이 쓴 책 같았다. 나는 5학년 이후로 책을 읽지 않았기 때문에 아무리 최애 M의 '영혼의 숨결'을 느끼고 싶어도 외계어로는 무리였다.

오늘 아침에 M이 SNS에 새 책을 올렸는데 다시 도전해 봐야겠다. 이번에는 제발 쉬운 책이길……. 누군가 똑같은 책을 검색한 기록이 컴퓨터 화면에 남아 있었다. 누가 빌려 갈까 봐 얼른 책이 있는 자리에 가 보았다.

PM 195871 자리에 있어야 할 『책을 불태우다』는 없었다. 컴퓨터에 아직 대출 중 표시가 없으니 지금 종합 자료실 어딘가에서 누군가가 읽고 있는 것이 분명했다. 집에 그냥 갈 수도 있었지만 괜히 우리 M이 주목한 책을 누가 읽고 있는지 궁금해졌다.

어슬렁어슬렁 책을 찾아, 아니 그 사람을 찾아 돌아다녔다. 아까 봤던 대학생 언니들은 어느새 자리에 없었고 어르신들도 『책을 불태우다』를 읽고 있지는 않았다.

종합 자료실 끝 오른쪽 모퉁이를 돌았다. 그곳은 창문도 없고 좁은 통로라 의자를 놓을 수가 없는 곳이었다. 그런데 통로 끝에 검은 모자를 눌러쓴 호리호리한 사람이 책을 읽고 있었다. 한눈에 봐도 M의 SNS에 올라온 살구색 책이 분명했다.

내 기척에 놀랐는지 검은 모자는 후다닥 책장 사이로 몸을 숨겼다. 그는 나를 피하면서 종이를 떨어뜨렸다. 나는 그것을 주워 펼쳐 보았다.

친애하는 귀화인 M에게.

안녕하세요. 지구 방위 사령 본부 PM 195871입니다. 이번

김미연

한국의 상온 초전도체 논문을 호르헤 행성 당국이 주목하고 있다는 첩보가 들어왔습니다. 연구가 성공한다면 호르헤 행성의 지구 점령 시기가……

'이게 뭐야? 귀화인은 뭐고 호르헤 행성은 뭐지?'

종이에 적힌 글자를 읽고 이상하다 생각하는 순간, 종합 자료실 밖에서 자지러지는 비명 소리가 들렸다.

"꺄악. M 오빠가 맞았어."

"오빠!"

소리가 나는 쪽으로 가 보니 아까 자리를 떴던 대학생 언니들이 입을 막고 발을 동동 구르고 있었다. 사람들이 하나 둘 모여들어 조용한 도서관이 웅성거리기 시작했다. 나는 그제서야 최애 M의 익숙한 옆모습을 확인하고는 심장이 멎는 듯했다. 하지만 M을 이 난감한 상황에서 구해야 한다는 생각에 초인적인 힘이 솟아올랐다.

"달려요."

나는 M의 손목을 잡아끌고 도서관을 빠져나왔다.

"띠띠띠띠띠띠띠."

M이 대출하지 않은 책을 들고 나오는 바람에 도서관 입구의 센서가 요란하게 울렸다.

우리는 도서관 옆에 있는 미술관으로 뛰어 들어갔다. 대학생 언니들도 기를 쓰며 미술관까지 따라왔다. 언니들을 따돌려야 했다. 미술관에는 로비를 지나 복도 끝에 정발산으로 통하는 쪽문이 하나 있었다. 자주 방문하는 동네 주민만이 알 수 있는 문이었다.

우리는 쪽문으로 나와 미술관 뒷길을 따라 정발산으로 내달렸다. 한참을 달리다 보니 어느새 언덕 중턱에 있는 정자에 다다랐다.

"허억, 허억."

"하아, 하아."

심장이 터질 것 같았다. 땀이 비 오듯 쏟아져서 안경이 흘러내렸다. 초고도 근시라서 그런가, M의 흐르는 땀마저 이슬처럼 보였다.

"허억, 허억. 고마워요. 그런데 어떡하지? 책을 가지고 와 버렸네?"

"걱정하지…… 마세요. 하아, 하아. 제가…… 대신…… 반납할게요."

"고맙지만 제가…… 할게요. 그런데 학생 이름이 뭐예요?"

M은 정자에 털썩 주저앉으며 내게 물었다. 나도 조금 떨

어진 자리에 엉덩이를 살짝 걸치며 대답했다.

"김고은이요. 오빠 팬이에요. 지난번 팬미팅 때 제 사연 읽어 줬는데⋯⋯."

M은 기억을 더듬는 것 같았다. 내 얼굴을 빤히 쳐다보더니 이내 기억이 난 듯했다.

"아, 꿈이 없어 고민이라던."

M이 나를 기억하다니. 나는 이제 죽어도 여한이 없었다. 성덕(성공한 덕후)이 되었으니까.

그랬다. 나는 꿈이 없어 고민이었다. 중학교에 올라오니 세상은 내게 자꾸 꿈을 가지라고 재촉했다. 그런 세상에 툴툴거리면서도 속으로는 '왜 나는 꿈이 없을까?' 하며 자책했다. 당당하게 자신의 꿈을 말하거나 하고 싶은 일이 많아 걱정이라는 친구들 앞에서는 유독 초라해지는 기분이 들었다. 이렇게 위축된 내게 M의 노래는 그런 나도 괜찮다고, 그래도 된다고 위로해 주었다.

그런데 아무리 M이 좋아도 그가 떨어뜨린 종이는 설명이 필요했다. 귀화인에 지구 점령이라니⋯⋯. 나는 그에게 종이를 건네주었다.

M은 종이를 건네받고는 한동안 아무 말이 없었다. 그러다

어쩔 수 없다는 듯 한숨을 내쉬더니 믿지 못할 이야기를 들려주었다. 나의 최애가 들려주지 않았다면 나는 자리를 박차고 일어났을 것이다. 그러니 계속 이야기를 들을지 말지는 여러분의 선택에 달려 있다.

이야기를 계속 듣기로 했다면 놀라지 마시길.

M은 행성인, 그것도 지구로 귀화한 행성인이었다. (물론 지구인은 그들을 외계인이라고 칭하지만, 외계인이라는 단어는 '비정상'이라는 뜻으로 오염되었으므로 나는 행성인이라고 부르겠다. 우리 M을 비정상으로 부르고 싶지 않은 내 마음을 양해해 주기 바란다.) 그가 살던 곳은 나사에서 발견한 외계 행성 중 하나이고 물이 있는 골디락스 행성이라고 했다. 행성의 이름은 호르헤. 소설 『장미의 이름』에 나오는 무서운 수도사의 이름과 발음이 비슷하다고 했다.

호르헤 행성인들은 지구의 기후 위기처럼 절박한 문제에 직면했다고 한다. 바로 물 부족. 그래서 우리가 화성을 개발하고자 하는 것처럼 그들도 또 다른 행성을 찾아 나섰던 것이다.

그래서 찾아낸 것이 바로 지구! 물이 풍부했기에 그들의 이주 행성으로 딱이었을 것이다. 그런데 몇 광년이 떨어져 있어 지구로 이주하는 것은 간단한 문제가 아니었고 그들도 기술을 발전시킬 시간이 필요했단다.

"고대부터 호르헤 행성 연구원들이 지구로 잠입했어요. 우리가 처음 세운 전략은 지구의 과학 기술이 발전하도록 돕는 것이었어요."

"그냥 쳐들어오면 되지 과학 기술 발전을 왜 도왔나요?"

나는 순간 지구인임을 망각했다. 인류에게 정중히 사과하겠다. 미안하다. 정말.

"호르헤 행성인은 숨 쉴 때 산소뿐 아니라 메탄과 이산화탄소도 필요하기 때문에 지구 온난화가 진행되기를 기다려야 했어요. 그래서 지구의 과학 기술을 발전시키기로 하고 지식과 지혜의 집인 도서관을 짓는 데 기여했답니다. 그런데 문제가 생겼어요."

"무슨 문제였는데요?"

"당시 기술로는 연구원 몇 명만 잠입할 수 있을 뿐 호르헤 행성인 전체가 이주를 할 수는 없었어요. 호르헤도 과학 기술 발전을 위해 시간을 벌어야 했지요. 그리고 지구의 과학 기술 발전이 생각보다 빨라 저지해야 했어요. 안 그러면 호르헤가 되레 당할 수도 있을 테니까요."

"과학 기술 발전을 어떻게 막았는데요?"

"아쉽지만 도서관을 파괴했죠. 물론 지구의 과학 발달을

늦추면서 이산화탄소량은 늘려야 하니 산업 혁명을 돕기도 했답니다. 투 트랙 전략을 쓴 거죠.”

믿을 수 없는 일이었다. 첫 번째 희생양은 아시리아의 아슈르바니팔 도서관이었다고 한다. 그러나 지구인은 호락호락하지 않았고 시간이 흘러 더 막강한 도서관, 그 이름도 유명한 알렉산드리아 도서관을 세웠단다. 호르헤 행성 연구원들은 또다시 전쟁을 가장해 불태워 버렸지만 말이다. 이런 식으로 중세와 근대를 지나며 호르헤 행성은 계속 지구의 도서관을 파괴했고 지구인은 또 다른 도서관을 지어 자기도 모르는 사이에 호르헤 행성의 도전에 응전하고 있었다는 것이다.

‘그런데 도서관 파괴만으로 지구의 과학 기술 발전을 저지할 수 있었을까?’

여기까지 들은 나는 호르헤 행성의 전략이 허술하다는 생각을 했다. M은 내 생각을 읽은 것처럼 설명을 이어 갔다.

“호르헤 행성은 지구인 지배자들의 배후에서 그들만 지식을 독점하도록 도왔죠. 그러나 지구인은 인쇄술을 발명해 만인에게 지식을 확산했고 급기야 컴퓨터와 인터넷을 만들어 지식과 정보를 모두가 공유하더군요. 그래서 현대에 들

김미연

어와 호르헤는 전략을 수정했습니다. 지구인이 지식과 지혜를 스스로 멀리하도록 만드는 것으로요. 바로 어린 지구인에게 책보다 더 재미있는 것들을 만들어 주었죠. 결과는 대성공이었습니다. 어린 지구인들은 더 이상 책을 읽지 않았고 도서관은 호르헤가 일부러 파괴할 필요도 없이 찾는 사람이 적어서 스스로가 문을 닫을 지경에 놓였지요."

잠시 '내가 책을 읽지 않는 이유도 호르헤 행성의 음모 때문인가?' 하는 생각에 소름이 끼쳤다. M에 대한 의심도 스멀스멀 올라왔다. 그의 진심을 확인해야 했다.

"그런데 오빠는 왜 귀화인이 되었나요?"

"연구원으로 잠입했다가 사람들을 사랑하게 되었어요."

사람을 사랑해서 귀화했다는 M의 눈망울은 진심이었다. 그가 만든 노래처럼. 믿음은 바라는 것들의 실상이라고 했나? 나는 진심으로 그가 지구인을 사랑한 귀화인이라고 믿고 싶어졌다.

"그럼 어떻게 해야 귀화인이 될 수 있나요?"

"귀화를 원하는 행성인들은 지구인이 말하는 초능력을 반납하는 조건으로 지구인이 될 수 있어요. 초능력은 지구인보다 뛰어난 지능과 감각을 말해요. 그리고 본인이 원하는 모습으로 변신하는 거죠."

사람을 사랑해서 자기가 누릴 수 있는 어마어마한 것들을 버리다니……. 나는 그동안 내가 능력이 부족해 꿈이 생기지 않는다고만 생각했는데 사람을 사랑하는 마음 자체가 꿈이 될 수 있다는 사실이 놀라웠다.

"초능력이 없어진다는 것은 죽음이나 다름없었을 것 같아요."

"이상하게 음악적 감각은 그대로 남더라고요. 그래서 유명한 음악가 중에 귀화한 호르헤 행성인이 많을 거예요."

나는 바로 모차르트가 생각났지만 입 밖으로 내뱉지는 않았다. 모차르트가 행성인이라는 것은 지구인으로서 자존심 상하는 일이기 때문이었다.

'혹시 프레디 머큐리나 마이클 잭슨도 호르헤 출신이 아닐까?'

"하하하. 고은 양이 누굴 생각하는지 알 것 같군요. 그런데 나도 누가 귀화인인지는 정확히 알지 못해요. 대충 짐작만 할 뿐이죠."

"그런데 오늘 도서관에는 왜 왔어요?"

"호르헤 행성의 존재를 알게 된 지구인들이 지구 방위 사령 본부를 만들었어요. 조직원은 평화로운 지구를 지키는 것을 목표로 점조직으로 움직여요. 귀화인도 몇 명 속해 있

김미연

답니다. 우리는 서로 누군지는 모르지만 메시지로 연락들을 하죠. 오늘 초전도체 논문에 대한 기사와 함께 새로운 연락이 왔어요. 일산의 누리세상 도서관에 가서 바로 이 책을 확인하라고요."

M이 오늘 아침 『책을 불태우다』 사진을 SNS에 올린 이유는 조직원에게 답장을 보내기 위한 것이었다.

나는 편지를 마저 읽어 보았다. 심각한 내용이었다. 넋이 나간 나를 M이 다독여 주지 않았다면 두려움에 사로잡혔을 것이다.

친애하는 귀화인 M에게.

안녕하세요. 지구 방위 사령 본부 PM 195871입니다. 이번 한국의 상온 초전도체 논문을 호르헤 행성 당국이 주목하고 있다는 첩보가 들어왔습니다. 연구가 성공한다면 호르헤 행성의 지구 점령 시기가 더 늦춰지기 때문이겠죠.

호르헤의 기술은 이제 미래로 시간 여행을 할 수 있을 만큼 발전했습니다. 그들은 한국의 초전도체 논문이 발표된다는 소식에 25년 후로 가 보았다고 합니다. 25년 후의 한국은 초전도체로 강대국이 되었고 우주여행의 선두 주자가 되었다는군요. 그 중심에는 젊은 과학자 B. S. KIM이 있답니다.

바로 그 사람이 현재 일산 누리세상 도서관의 최다 대출자 중 한 명입니다. 호르헤 행성은 과학자 B. S. KIM의 탄생을 막기 위해 그를 제거하려는 계획을 세웠습니다. 그런데 B. S. KIM이 1년 전 도서관을 찾은 것을 마지막으로 행방이 묘연합니다. 호르헤 당국보다 먼저 B. S. KIM을 찾아 그를 지켜야 합니다.

202*년 7월 30일

지구 방위 사령 본부 PM 195871

호르헤 행성이 지구를 점령한다는 계획을 읽고 놀란 와중에도 우리나라가 우주 강대국이 된다니 기뻤다. 그러나 한국이 강대국이 되어 봤자 외계 행성의 침공을 받으면 다 무슨 소용이 있겠는가?

B. S. KIM을 찾는 것은 난관이 예상되나 한양에서 김 서방 찾기보다는 쉬울 것 같았다.

"오빠, 일단 도서관으로 가 봐요."

인류를 살리는 일이니 정신줄을 붙잡아야 했다. 우리는 심호흡을 하고 도서관으로 들어갔다. M은 대출 반납 부스의 사서 선생님에게 정중하게 사과했다.

김미연

"선생님, 아까 경황이 없어 이 책을 대출하지 않고 가지고 나갔습니다. 정말 죄송합니다."

사서 선생님은 괜찮다고 했고 세상에 태어나 아이돌은 처음 본다며 사진을 찍어도 되는지 조심스레 물었다. 나는 M과 얼굴이 발개진 사서 선생님의 사진을 찍어 주었다. 선생님에게 휴대폰을 건네주며 물어보았다.

"선생님, 부탁드릴 게 있는데요. 혹시 누리세상 도서관 최다 대출자를 알 수 있을까요?"

생뚱맞은 질문이었는지 사서 선생님은 한참 동안 나를 쳐다보다가 대답했다.

"이유가 뭔지 모르겠지만 개인 정보는 함부로 알려 드릴 수 없습니다. 정 알고 싶다면 이번 축제 개회식에 오세요. 그때 최다 대출자에게 감사패를 드리기로 했거든요."

나는 로비에 앉아서 누리세상 도서관에 대한 기사를 검색했다. 내년 도서관 예산이 삭감될 수도 있다는 것과 9월 1일부터 3일간 도서관 축제가 열린다는 기사가 있었다. 도서관장은 예산 삭감을 막기 위해서라면 반드시 도서관 축제를 성공적으로 개최해야 할 것이다. 나는 그 점을 이용해 보기로 마음먹었다.

"오빠, B. S. KIM을 만날 방법이 떠올랐어요."

나는 M에게 작전을 말했다. 우리는 곧바로 실행에 옮겼다. 먼저 M이 사서 선생님을 포섭했다.

"선생님, 도서관 관장님을 만날 수 있을까요? 제가 오늘 일으킨 소동을 사과할 겸 도서관 축제의 홍보 영상을 찍어 드리고 싶습니다."

만나기 어렵다는 도서관 관장님과의 면담은 월드 스타의 홍보 동영상 약속에 일사천리로 성사되었다. M은 자기 팬인 일산 주민 김고은 학생의 제안으로 도서관 축제 홍보 동영상을 찍기로 했다며 나에게 공을 돌렸다. 관장님은 어디서 이런 복덩이가 굴러왔냐며 내 손을 붙잡고 여러 번 고맙다고 말했다.

나는 마음이 활짝 열린 도서관 관장님에게 또 다른 제안을 했다.

"관장님, 제가 이번에 감사패 받는 분을 인터뷰해도 될까요?"

"아, 좋은 의견입니다. 미래의 주인공인 중학교 1학년 학생이 17년 된 도서관의 최다 대출자를 인터뷰하면 누리세상의 과거와 미래가 만난다는 의미가 있겠어요."

호르헤 행성의 음모를 알게 된 뒤 일주일이 지나고 누리

김미연

세상 도서관의 최다 대출자를 만나기로 했다. 밤가시마을에 사는 78세 김병선 할아버지였다. 이니셜로는 B. S. KIM이지만 미래에 지구를 구할 과학자는 아니었다. 그래도 약속한 것이니 할아버지 댁으로 가서 인터뷰를 했다.

"누리세상 도서관에서 책을 가장 많이 빌려 읽으셨는데 그렇게 할 수 있었던 원동력은 무엇이었나요?"

"배우고 싶어서지."

할아버지는 어려운 집안 형편으로 고등학교 진학을 포기하고 이런저런 일을 하다 자동차 정비사가 되었다고 한다. 늘 배움에 대한 갈증이 있어 시간 날 때마다 도서관에 들러 책을 빌려 작업하는 틈틈이 읽었다는 것이다.

"지식을 얻으려 책을 읽었는데 점점 지혜를 주더라고. 세상을 어떻게 살아야 하는지, 어떤 마음으로 사람을 대해야 하는지를 알게 되었다고나 할까? 눈이 나빠지기 전에 더 많이 읽을 걸 후회가 많아요."

할아버지와의 인터뷰는 도서관 축제 홍보 동영상으로 사용되었다.

드디어 도서관 축제가 시작되는 날이었다. 젊은 과학자 B. S. KIM을 만나는 날이기도 했다. 도서관 관장님은 아동청

소년 중에 최다 대출자도 감사패를 수여하기로 뒤늦게 결정했다.

M은 홍보 영상을 SNS에 올려 전 세계 팬들이 대한민국의 작은 도시 일산을 찾게 만들었다.

도서관 축제가 열리는 호수 공원 광장으로 나가 보니 시민들과 아이돌 그룹 A의 팬들로 인산인해를 이루고 있었다. 폭염이 가시고 선선한 바람이 부는 공원은 그야말로 기분 좋은 울림으로 가득했다. 꼬마들이 작은 그림책을 만들고 반려견과 사진 찍으며 노는 잔디밭 포토존도 있었다. 책을 오브제로 한 미술 전시회도 사람들로 북적였다.

한편 M에게 지구 방위 사령 본부의 PM 195871이 또 소식을 보냈다. B. S. KIM에게 이미 행성인들이 접근해 포섭 중이라는 것이었다. B. S. KIM이 도서관 축제 개막식에 참석하며 호르헤 행성인들도 그를 납치하고자 축제에 침투한다는 첩보였다. M은 해외 공연 중이라 참석할 수 없었다. 그는 메시지로 내게 조심하라고 당부했다.

나는 조금이라도 이상한 낌새를 보이는 사람은 전부 호르헤 행성인이 아닌가 의심했다. 그러나 수상한 일은 벌어지지 않았고 물 흐르듯 개막식이 진행되었다.

"친애하는 고양시민 여러분. 그리고 전 세계에서 우리 축

김미연

제에 참석해 주신 세계 시민 여러분. 진심으로 감사드립니다."

도서관장의 개회사는 지루하게 이어졌다. 나는 가슴이 콩닥거려 자꾸 마른침을 삼켰다. 드디어 감사패를 받는 사람들이 등장했다.

"우리 도서관에서 책을 가장 많이 읽은 두 분을 소개합니다. 밤가시마을의 김병선 어르신과 호수마을의 김봉식 학생을 큰 박수로 맞아 주시기 바랍니다."

"호수마을 김봉식?"

감사패를 받는 김봉식 학생의 뒤태가 어딘지 모르게 익숙했다. 그가 돌아보는 순간 나는 기절할 뻔했다. B. S. KIM은 바로 우리 집 김봉식이었다.

어쩐지 오늘 아침 오랜만에 머리를 감더라니 여기 오려던 것이었나 보다. 우리는 대화가 없는 현실 남매에다가 오빠는 외계인, 4차원이라는 소리를 듣는 터라 이렇게 큰 이벤트도 별로 중요하게 생각하지 않아 굳이 말하지 않은 것 같다.

그리고 이제야 비밀이 풀렸다. 한 가지에 꽂히면 헤어 나오지 못하는 우리 봉식이는 작년부터 게임에 꽂혔다. 그러느라 1년 동안 누리세상 도서관을 등진 것이었다.

김봉식이 감사패를 들고 무대 아래로 내려오자 네 명의 청년이 우르르 달려와 오빠의 팔을 잡고 어디론가 끌고 가려고 했다. 봉식이는 얼빠진 얼굴이 되었다.

"누구세요? 왜 이러세요?"

"조용히 좀 해. 우린 게임 동지들이야."

"뭐라고요? 그런데 왜 잡아가요?"

봉식이 오빠는 울상이 되었고 나는 인파를 헤치고 그들에게 달려들었다. 그리고 있는 힘껏 소리쳤다.

"여러분, 도와주세요. 이 사람들이 우리 오빠를 납치하려고 해요."

축제 개회식은 순식간에 아수라장이 되었다. 나와 봉식이 오빠는 청년들과 한데 엉켜 몸싸움을 했고 시민들은 책을 많이 읽어 기특한 우리 봉식이를 구하겠다며 청년들의 머리꼬덩이를 잡고 욕을 한 바가지씩 해 주었다. 그렇게 지구인들은 B. S. KIM을 지켜 냈다.

축제 때 난동을 부린 네 명의 청년은 자신들이 김봉식의 랜선 게임 동지로 축하 이벤트를 하려던 것이었다며 선처를 바랐고, 이런저런 훈계를 받은 후 풀려났다. 그러나 나와 M은 그들이 누구인지 짐작하고 있다.

김미연

*

요즘 우리 김봉식은 개기름이 흐르는 얼굴에 떡 진 머리로 꼬랑내가 넘쳐나는 방에서 책과 씨름 중이다. 나는 호르헤 행성의 음모를 알게 된 이상 그전처럼 살 수는 없었다. 나도 지구를 지키기 위해서 5학년 이후 끊었던 책을 다시 읽기 시작했다. 그리고 이번에 사람들을 만나 인터뷰하는 일이 재미있다는 것을 알게 되어 기자가 돼 보면 어떨까 생각 중이다. 기자가 되면 내가 좋아하는 M을 공식적으로 만나 덕업일치(덕질과 직업이 일치함)를 할 수 있을 테니 꿩 먹고 알 먹고 아니겠는가?

김미연 책과 웃음의 공통점은 '초월'입니다. 책은 시공간을 넘나들며 많은 만남을 선사하고 유머는 현실의 고단함을 잊게 만들어 주니까요. 청소년 여러분들과 이 두 가지 유쾌함을 나누고 싶습니다. 참, 『장미의 이름』 속 호르헤는 젊은 수사들이 아리스토텔레스 『시학』 중 「희극」 편(가상의 책)을 못 읽게 하려고 연쇄 살인을 한답니다. 음모와 아주 어울리는 이름이죠?

넓어진 시야로 새로운 10년을 바라보며

한낙원과학소설상이 어느덧 10회에 이르렀다. 지난 세월을 돌이켜 보면 크게 두 가지 변화의 흐름을 얘기할 수 있겠다.

먼저 우리나라의 SF문학 출판 시장이 두드러지게 성장한 것이다. 좀 더 세밀하게 살피자면 성인용 SF는 최근 5년 사이에 가파른 상승 곡선을 그리다가 최근 들어 숨 고르기를 하는 모양새인 반면, 어린이청소년 대상의 SF는 상대적으로 도드라져 보이지는 않지만 꾸준하게 외연을 확장하면서 저변도 갈수록 탄탄해진다는 느낌이다. 겉으로 드러나는 출판 판매 통계는 어떨지 몰라도 이 분야를 지속적으로 접하며 얻은 체감은 그렇다.

다른 하나는 현실에서 나타나는 과학 기술의 변화가 숨 가쁠 정도로 급격하게 진행되고 있다는 점이다. 특히 우주 개발과 AI로봇 분야의 약진이 놀랍다. 뉴스페이스 시대를 맞아 본격적인 우주 진출 계획들이 세계 각지에서 활발하게 진행되고 있고, 그사이 우리나라는 우주 발사체 기준으로 세계 7대 우주 강국에 들었다. AI로봇의 경우 거의 모든 사람이 실감하는 놀라운 신기술들이 수시로 선을 보인다. '미드저니'나 '챗지피티' 같은 인공 지능들은 이미 일반적인 문서 작업들은 말할 것도 없고 교육이나 창작 현장에서도 요긴하게 쓰이고 있다. 또한 인간과 닮은 휴머노이드 로봇 기술도 하루가 다르게 발전하고 있다. 이런 변화들은 SF와 현실의 간극을 갈수록 좁히고 있을 뿐만 아니라 서로 주고받는 영향도 더 긴밀해지게 만들고 있다.

이러한 배경을 깔고 나오는 한낙원과학소설상 10회 작품집은 그간 작가들이 축적해 온 창작 역량을 대변하기에 손색없는 훌륭한 작품들이 많아서 뿌듯한 심정이다. 65편이라는 총 응모작 수는 작년에 비해 10여 편이 늘어났지만 세 자릿수에 달하기도 했던 초창기에는 미치지 못하는 것도 사실이다. 그러나 양적인 면보다는 질적 수준에서 내용과 제재, 표현 양식 등이 모두 더 다양하고 재미있어졌다.

이번 공모에서는 예심을 거쳐 「시간 속의 너에게」, 「스테고사우루스병」, 「영의 자리」, 「소년들, 소년들이」, 「호르헤 행성의 음모」 다섯 작품이 최종심에 올랐다.

　예심 과정에서 한 가지 각별하게 지적할 부분이 있었다. '테라포밍', 즉 외계 천체를 지구와 같은 환경으로 개조하여 인류의 식민지로 삼는다는 설정이 여러 작품에 등장했는데 대부분 이것을 당연하고 필연적인 미래 기술로만 취급할 뿐 그 자체를 성찰적으로 보는 시선은 찾아보기 어려웠다. 사실 테라포밍이야말로 인류의 제국주의적 정복이나 영토 확장의 욕망이 투사된 개념이라고 봐도 과언이 아니다. 기존에 나온 적지 않은 작품들이 테라포밍을 비판적으로 다루고 있고, 심지어 현실에서도 목성의 달 유로파 같은 곳에 드릴로 구멍을 뚫어 지하 바다를 탐사하자는 미국 항공 우주국의 계획에 반대하는 의견이 나올 정도이다. 테라포밍을 별 고민 없이 설정으로 채택하는 것은 이미 낡은 20세기적 SF 창작 태도라고 봐야 할 것이다.

　「시간 속의 너에게」는 읽으면서 심사를 한다는 사실을 어느덧 잊어버리고 이야기 그 자체에 몰입하게 될 만큼 인상적인 작품이었다. 캐릭터나 극적 전개, 마무리 등등 여러 면에서 전반적으로 완성도가 뛰어난 경지에 올라 있다. 무엇보다도 주인공의 성장담으로서 그 가치가 돋보이는 이야기이다. 자신이 부여받은 임무를 한계로 받아들이지 않고 그를 넘어서서 꿈과 목표를 향해 노력하여 마침내는 온전히 자기 자신으로 새롭게 태어나는 과정이 설득력 있게 펼쳐진다. 이러한 주인공의 변화 과정은 수많은 청소년 독자에게 의미 있게 다가갈 수 있으리라 생각한다. 이야기가 지닌 여러 돋보이는 미덕들에 비해 딱히 흠잡을 구석도 없는 편이어서 심사위원진이 이 작품을 당선작으로 정하는 데에는 오랜 시간이 필요하지 않았다.

「영원이 손을 내밀 때」는 「시간 속의 너에게」와 비슷하게 우정과 희생, 그리고 감동적인 마무리가 가슴에 배어 오는 작품이다. 또한 세월의 흐름에 따라 두 주인공의 처지에 드라마틱한 변화가 생기는 것도 닮았다. 이 두 작품만 놓고 보자면 이런 식의 구성이나 연출력이야말로 이 작가의 장기가 아닐까 싶다. 그러나 「시간 속의 너에게」에 비하면 이 작품의 시공간적 스케일은 훨씬 큰데, 그런 점이 오히려 이야기의 밀도를 성기게 해서 몰입을 방해하고 독자가 어느 정도 거리를 둔 채 줄거리를 따라가게 만드는 것은 아닌가 하는 아쉬움도 남는다. 아마 작가 자신도 이런 점을 이미 인지

하고 있으리라 생각한다. 앞으로 꾸준히 노력하면 그리 머지않아 작가 자신만의 개성을 확립하고 충성도 높은 팬층도 생길 것 같은 예감이 든다.

「스테고사우루스병」은 시작부터 강렬한 인상을 준다. 사포로 아이의 등을 힘껏 밀어 대는 엄마의 모습이 예사롭지 않다. 등에 뿔을 네 개나 달고 주기적으로 뿔을 갈아 없애면서 사는 주인공은 지구인과 외계 생명체의 혼종이다. 이 작품에서 뿔은 '장애'의 은유로도 읽힌다. 즉 이 이야기는 표준과 평균이 아닌 존재들에 대한 질문이기도 한 셈이다. 엄마의 종족인 P들이 지구에 오면서 이야기는 변곡점을 맞는다. 뿔에서 다른 종족의 생각을 조종할 수 있는 물질을 배출하는 P들과 P 종족임에도 뿔이 없는 엄마. 그리고 그런 엄마와 인간 사이에서 태어난, 뿔을 가진 주인공. 이렇듯 이 작품은 무척이나 흥미로운 설정을 담아 독자로 하여금 무궁무진한 이야기 확장의 가능성에 흥분하도록 만들지만 결말이 조금 아쉬웠다. 어딘가 서둘러 마무리한 느낌을 지울 수가 없다. 작가의 꾸준한 정진을 바란다.

「영의 자리」는 SF에서 가장 깊이, 또 자주 다루어지는 주제 중 하나인 인간의 정체성에 대한 질문을 담고 있다. 아동 돌봄 안드로이드인 언니를 찾아가는 주인공의 여정을 통해 인간과 비인간의 차이, 그리고 인간을 인간답게 하는 것은 무엇인가,라는 문제를 궁구한다. 아빠나 다른 사람들과 달리 언니가 안드로이드인 것이 아무 문제가 되지 않는다는 주인공은 막상 기억이 삭제된 뒤 다른 역할을 하는 언니를 만나고 나서 복잡한 심경이 된다. 이 작품은 결말이 안이하지 않기에 스토리 전체의 중량감이 더 크게 느껴진다. SF에서 숱하게 반복되는 클리셰 같은 질문을 주제로 내세웠음에도 세련된 마무리가 돋보인 작품이다.

「소년들, 소년들이」는 매끄럽고 재미있게 잘 읽힌다는 장점 못지않게 아쉬운 마무리라는 단점이 각각 극명하게 드러나는 작품이다. 등장인물들이 연출해 내는 드라마는 자못 감동스럽다. 그러나 그 드라마틱한 감동이 지금의 독자들 눈높이로는 좀 낡은 수준을 벗어나지 못한 것이 아쉽다. 우주 쓰레기를 치우다 실종된 소년의 이야기는 영웅적 비장미를 어느 정도 자아내지만, 그러한 낭만을 넘어서는 경지까지 나아가지는 못한다. 약자의 희생에 비장미나 낭만성을 부여해 독자에게 극적 감동을 유발하지만, 약자에 기대어

굴러가는 세상의 구조적 모순은 전혀 변함이 없고 서사 역시 그런 구조를 보여 주는 데에 그친 아쉬움이 남는다.

「호르헤 행성의 음모」는 이른바 'B급 감성'의 이야기로 다가온다. 지구 정복을 꿈꾸며 장기간 숨어 지내던 호르헤 행성인들의 모습을 통해 테라포밍을 역지사지로 생각해 보도록 하는 구성도 좋고, 기후 위기, 표준과 정상, 인간 중심주의의 폭력성 등을 웃음과 잘 버무려 낸 솜씨도 돋보였다. 무한 경쟁 속에서 꿈을 가지라고 아이들의 등을 떠미는 세상과 어른들을 오히려 삐딱하게 보고, 아이돌을 선망하고 따라다니는 요즘 아이들을 한심하게 보지 않는 시선도 미더운 면이 보였다. 당선 후보작으로 유력하게 언급된 작품이다.

어린이청소년이나 성인 독자 모두에게 SF가 줄 수 있는 궁극적인 선물은 시공간적 시야의 확장이라고 생각한다. SF를 쓰는 작가는 이 선물을 잘 준비하고 또 잘 전달하기 위해 부단히 노력해야 한다. 그러려면 먼저 작가 자신부터 시야가 넓어져야 함은 물론이다. 익숙한 것들을 다양하고 색다르게 볼 수 있는 시선, 미래의 여러 가능성들을 구태의연하지 않은 스토리로 엮어 내는 솜씨, 그리고 자신의 생각을 명료하고 재미있게 풀어낼 수 있는 문장력까지. 작가 여러분께 다음 세대들을 위해 부디 이러한 SF 창작 역량을 끊임없이 키워 나가길 당부드린다.

마지막으로 이 글에는 함께 수고하셨던 송수연 심사위원님의 견해가 상당 부분 포함되었음을 밝혀 둔다.

한낙원과학소설상은 지난 10년간 이만큼의 성취를 이루어 냈다. 이미 21세기도 1/4이 지난 지금, 앞으로의 새로운 10년은 또 어떻게 다가올까? 과학과 기술은 점점 더 빠르게 변화할 것이고, SF작가들의 고민도 그만큼 더 깊어질 것이다. 그러나 이것 한 가지는 분명하게 말할 수 있다. 한낙원과학소설상이 그간 뿌려 온 씨앗들이 속속 만개하기 시작하여 이제 독자들 중에서 본격적으로 새로운 세대의 작가들이 등장할 것이라고.

박상준(서울SF아카이브 대표)

시간 속의 너에게

2024년 6월 17일 1판 1쇄

지은이	김문경 정교영 이새벽 별민영 김미연
편집	장슬기 윤설희 최경후 이여름
디자인	조정은 신종식
제작	박흥기
마케팅	이병규 김수진 강효원
홍보	조민희
인쇄	코리아피앤피
제책	J&D바인텍

펴낸이	강맑실
펴낸곳	(주)사계절출판사
등록	제406-2003-034호
주소	(우)10881 경기도 파주시 회동길 252
전화	031)955-8588, 8558
전송	마케팅부 031)955-8595 편집부 031)955-8596
홈페이지	www.sakyejul.net
전자우편	literature@sakyejul.com
트위터	twitter.com/sakyejul
인스타그램	instagram.com/sakyejul_teen

© 김문경 정교영 이새벽 별민영 김미연 2024

ISBN 979-11-6981-206-1 44810

ISBN 978-89-5828-473-4 (세트)

↳ 사계절 청소년문학 유튜브 호호책방
  『시간 속의 너에게』 편 보기